U0738640

最初
不过你好

鹿人三千 —— 著

长江出版传媒 | 长江文艺出版社

新出图证（鄂）字 03 号

图书在版编目（CIP）数据

最初不过你好 / 鹿人三千著. ── 武汉：长江文艺出版社，2016.10
ISBN 978-7-5354-9156-5

Ⅰ.①最… Ⅱ.①鹿… Ⅲ.①短篇小说-小说集-中国-当代 Ⅳ.① I247.7

中国版本图书馆 CIP 数据核字（2016）第214842号

选题策划：李 勇 姜 山　　　　　责任编辑：吴 双 张 婷
特约策划：郜宇辉 刘孟阳 赵建华　　封面设计：
封面插画：度薇年　　　　　　　　　责任校对：李 娜
责任印制：张 涛

出版：长江出版传媒 | 长江文艺出版社
地址：武汉市雄楚大街 268 号　　　　邮编：430070
发行：长江文艺出版社
　　　北京时代华语图书股份有限公司　（电话：010-83670231）
http：//www.cjlap.com
印刷：三河市宏图印务有限公司

开本：880毫米×1230毫米　1/32　　印张：8.5
版次：2016 年10月第1版　　　　　　2016 年10月第1次印刷
字数：150千字

定价：35.00 元

版权所有，盗版必究
（图书如出现印装质量问题，请联系 010-83670231 进行调换）

目 录
Contents

01

有幸钟无艳，无妨夏迎春 ● ● ●

02

又想牵你的手，春光已老透 ･･･

#03
童子快马加鞭，爱人一骑绝尘 • • •

#04
我喜欢着很多人，我只深爱着你　● ● ●

·
·
·

有幸钟无艳，
无妨夏迎春

·
·
·

你说你爱南方姑娘，
我知我是北方女王

我认识郑温柔的时候是在山顶球场，她正一脸傻笑地看着一个身影，然后就被我用球砸了头。

1

郑温柔算是我脑子里数一数二的大长腿，来自一个叫作七台河的地方。

这个姑娘具有很强大的反差萌，我记得用球砸了她头的时候，她一脸的花痴瞬间变成了夜叉狰狞，"你大爷的，哪个犊子？"

瞬间就让喧闹的球场有了长达六七秒钟的安静。

我吞吞口水，她……不会打我吧？

所以到后来我和她勾肩搭背喝酒的时候，总觉得这姐们儿不是个姑娘。

你见过哪个姑娘喝白酒用瓶吹的？

而且我第一次觉得矮是一种病也是她给予我的。

她比我高一个头。

要不是因为确实正是大好年华看着就年轻，我指不定担心别人会以为她是我妈，你见过哪个妈把"你大爷的"当作口头禅的？

她漂亮，属于那种英姿飒爽的漂亮。

她粗心，就是那种一百块的东西她拿十块钱还可以说声不用找了的粗心。

她仗义，一声柔姐我没钱了她天天打电话让你过去蹭饭，虽然是食堂。

她爱在健身房骑动感单车，爱在深夜看恐怖片，爱吐槽人傻矫情玻璃心。

她爱在烧烤摊穿个背心跟你吃烤串，她爱《魔兽世界》手速过人，她爱背着个大包满世界乱跑。

一切男生玩的她都玩，不爱化妆不爱逛街，豪气不风骚，野性不娇气。

虽然她叫郑温柔。

当然，她执着，特别是在追林启航这方面。

2

林启航就是那个她花痴着的男生。

说男生不合适，林启航是另外一个学院的老师，虽然是实习老师，比我们大不了多少。

我问郑温柔为啥看上那哥们儿了，戴个眼镜，身高和我差不多，也比郑温柔矮一头。

彼时她手里拿着一瓶可乐，咕咚咕咚地喝了一大口，然后还打了一个嗝。

"柔姐，姑娘家喝水哪有你这么喝的？"

"我咋了，这不挺好吗？"她白了我一眼，扭上瓶盖，"我喜欢他是因为有一次我在山上练球，每次投篮他都很温柔地帮我挡着，我觉得他挺细心的。"

我一脸受伤，这算啥玩意儿理由？

我脑补了粗心的郑温柔爱上了一个男生不经意间表现出来的细心。

还真是……世事无常啊。

"有次上课他代我们课，我喜欢他用英语讲话那气场，很大气。"郑温柔笑着说道。

我点点头。

"他知不知道？"我笑着问道。

"他知道啊，我下课就冲上讲台问他要电话号码和微信号，老娘难得看上个男人。"

郑温柔将手里的可乐摇摇。

这我倒是清楚，郑温柔到现在一共就喜欢过两个男生，其中一个是林启航。

而另一个，按郑温柔的说法是常规性恋爱，随身边朋友恋爱的大环境顺理成章。

把初吻交了。

3

我大一的时候认识郑温柔，她大三，那个时候她在追林启航。

我大二下学期准备暑假去天山北路旅行的时候，她是大四下学期，她还在追林启航。

就我知道的，这姑娘尾行、偶遇、发短信、讲笑话、天天研究星座。

整得我有一段时间都在看一些乱七八糟的追人秘籍。

和林启航聊聊天，她能兴奋得啊啊啊啊啊乱叫半天。

让我非常想打她，因为很丢人。

但我又不敢，因为我很有可能打不过她。

何况每次她一高兴就请我吃饭。

后来我总结了，不逼自己一把，你永远不知道你为了吃能不要脸到什么程度。

看着她一腔孤勇专心追林启航，对于身后追自己的男生不屑一顾的样子，我就又想打她，这浪费了多少饭啊？

她骨子里就犟，这我倒是发现了。

都说男追女一座山，女追男一层纱。

但郑温柔让我觉得这纱应该是合金的。

她丝毫不介意，被拒绝好多次也不介意。

还是满是热情地献殷勤。

说真的，我有时候觉得她挺傻，有时候又挺心疼她。

不过她往往一句话就让我只想打她："我乐意啊，我犯贱怎么的吧，哪找那么合我胃口的男人啊？他大爷的我还不信了。"

我心里想着：你要是骂他大爷他指不定要砍死你呢。

那时候她实习完回来给我打电话叫我去吃烤串。

我见着她第一眼，就觉得不对劲儿。

一副要吃人的样子。

"柔姐好啊……"其实我这时候已经后悔了。

一般这种情况她肯定要喝酒。

她……我就没见着她喝多过的样子。

"爽子，林启航又拒绝我了。"她啃着一串蹄筋。

我一愣，看了看她，又笑着问道："第六次了吧？"

她摇摇头，"第七次。我在实习的时候偷偷回来过一次，他生日那天。"

我拾掇着一串茄子，"我以为啥呢，这一次就这么受伤害了？"

她忽然停下动作，就这么举着签子直溜溜地盯着我，嘴里不停地嚼。

我毛骨悚然，这个画面好恐怖。

我正准备开口，她却说道："这次他身边有了一个姑娘，以前没有的。"

"女儿啊？"

"滚！你瞎说啥？"郑温柔吼道。

我一阵蛋疼，"那你准备怎么办？几年了都。"

郑温柔一阵猛嚼，然后咽下去："我怎么知道？"

4

那晚我又喝多了。

但是有一点不同，郑温柔也喝多了。

我们两人坐在学校后面的街头上，哇哇地吐。

忽然我就听到郑温柔哭了。

有点吓人，我哪见过这姐们儿哭啊？

我正准备拍拍她背做点条件反射的安慰动作。

她猛地一抬头，吓得我差点趴到地上去。

我抬起头，天上一轮圆月，明亮又昏沉，夜深了。

她忽然掏出手机，闭着眼睛就拨了一个号码出去，接通后大声吼道："林启航！我在后街，滚出来！"

霸气，我正准备竖起大拇指的时候，她却忽然小声地换了个语气：

"爸，我怎么打到你那去了……"

我叹了一口气，竖起了中指，就这脑子她是怎么活到这么大的？

她挂了电话，然后又拨了一个。

"林启航，你睡了没有？"声音温柔。

我侧头满脸惊奇，这姐们儿还有这种声线？

"我喝得有些多，在后街，你出来吧。"她继续说道。

我摸出手机，晚上十一点半，还有几分钟关宿舍门了。

"你出不出来？你不出来我就睡大街上，就这样！"她直接把电话挂了。

约莫二十分钟的样子，我就看到林启航穿个短裤拖鞋跑出来了。

然后就听到郑温柔说话："小灯泡，你还在这里干吗？滚。"

我一脸受伤，原来话还可以这么说。

含泪而去，和林启航擦肩而过，还可以闻到他身上舒肤佳的味道，和夜市的烧烤味截然不同。

天地不仁，以万物为刍狗。

5

然后第二天我收到一条短信：爽子，我把林启航睡了。

我收到的时候是九点半，我醒的时候是十点四十。

我吓得把手机扔出去屏幕摔碎了，那大概是十点四十二吧。

这个点学校没热水，我冲了个凉水澡。

然后急匆匆地给郑温柔打电话。

"柔姐，你……那个……"

她可能还迷迷糊糊的："你谁啊？"

然后隔了两秒，她说道："爽子啊，啥事？"

一阵沉默。

忽然她大声吼道："我先眯一会儿，中午食堂见。"

然后对面忙音。

我中午看到她时，她穿着一身灰色的卫衣套装，宽松休闲。

我端着餐盘，问道："那啥，真……"

她喜滋滋地说道："是的。"

我脑子里忽然勾勒出他们的情况，觉得有些好笑，噗一声把白饭喷了出来。

她先是满脸嫌弃，然后又变成了了却夙愿的样子。

我和她从食堂出来，一直无话，我根本就不知道说什么好。

想了很久我终于还是问道："他不是有女朋友吗？"

郑温柔笑着说道："天空飘过五个字，那都不是事。"

我看着踌躇满志的郑温柔，有一种自家女神被撒旦玷污了的感觉。

6

隔天，傍晚。

我从没觉得如此不自在。

我、郑温柔、林启航，还有那个姑娘，四人，坐在一家餐厅的包间里面。

气氛诡异得都不知道说些什么。

我只好不停地喝苦荞茶，喝得舌头都发麻。

林启航这时的身份还是我们的老师，虽然这次聚餐是郑温柔提出来的。

"那个，这是我女朋友，吴菁，"林启航先指着身边的姑娘，再指指我们，"这是陈爽，这是郑温柔，我学生。"

之前我并没有和林启航说过话，但我现在从他说话的口音听出了他是四川人。

然后我意会到这句话里的"女朋友"三个字，扭头看了一眼郑温柔。

只见她略施淡妆，头发随意挽起。

这姑娘条件着实不错，稍一打扮当真能过90分。

此刻她不说话，甚至还能面带微笑。

我挺诧异，这姑娘的暴脾气居然能如此收敛？不科学啊。

"温柔你皮肤真好，你是哪儿人？"吴菁笑吟吟。

这声音不疾不徐不娇不糯不腻不嗲，略带着江浙一带的口音，颇有质感。

"我？东北人，哈尔滨那边的。"郑温柔也是笑着说道。

七台河这个城市不太有名，在四川这边一般都是先跟别人说哈尔滨，这是郑温柔很久之前告诉我的。

我抬起头看了一眼林启航，他看向郑温柔的眼神有些奇怪的意味，想来这个世界上不是每一个男人都能做到头天和人上床，第二天就云淡风轻的样子。

我嘿嘿直笑，忽然觉得今晚有场大戏看。

7

"老师……"我开口道。

林启航摆摆手，商务立领Polo衫让他看上去干练了一些，"我又不是没和你打过篮球，只是以前不知道名字，叫声哥就成。"

我点点头，"林哥，你以后都打算在学校教书了？"

他略一迟疑，还是很得体地和我聊了起来。

场面终于不怎么尴尬了。

我知道吴菁和郑温柔都不是傻子，此刻肯定在细细打量对方。

这应该就是大战前的风起云涌吧，或者是耍猴之前敲一声锣。

应该趁这些人华山论剑的时候把饭吃完，不能浪费。

"我和菁菁在一起好多年了，之前也是大学同学。不过她在福建工作，这不，辞了职后就过来了。"林启航笑着说道。我看看吴菁，鹅蛋脸，中分，一袭长发，温婉可爱。

加上吴侬软语的腔调，标准的水乡女子。

"我们就要结婚了。"吴菁笑着说道。

"啪。"

郑温柔忽然将杯碟弄得很大声，面无表情。

我有些担心，因为我觉得林启航言谈谦逊有度，博闻强记，对于这样的人，如果吵起来都有些不好意思。

显然我低估了郑温柔。

"那我怎么办？"郑温柔带有质感的东北口音普通话落地有声。

包间里瞬间安静了下来。

吴菁俏脸布满寒霜，我估摸着她是知道郑温柔的，毕竟追自己男朋友这么些年，这也不是什么好瞒的事情。

"你……你……"林启航忽然语塞。

"柔姐柔姐。"我拉拉她衣袖，她却丝毫不顾。

"你少他妈管闲事。"郑温柔忽然不耐烦地吼我，又扭头对着吴菁，"你知道我喜欢他，我知道你存在的时候也是追了他一年之后了。本来今天把你叫来的意思，是我想和你公平竞争，毕竟背后偷偷摸摸搞小动作不是个事儿。"

吴菁一直冷眼，林启航脸上阴晴不定。

我看着郑温柔，第一次觉得她简直称得上豪杰两个字。

"我这人犟，越得不到越想要。"郑温柔语气很缓和，"能不能跟我说说你俩的故事？"

然后郑温柔往后一靠，双手交叉，朱唇轻启："我的学姐。"

阴阳怪气。

本来菩萨低头，转眼金刚怒目。

8

吴菁冷笑，看了一眼林启航，示意他去处理。

林启航硬着头皮，"温柔啊，能不能别这么咄咄逼人。"

郑温柔斜睨了正在专心致志地吃东西的我一眼，一副朽木不可雕的样子。

叹口气，不说话。

"我和启航的事情轮不到你管，你模样不差怎么好意思振振有词地要当小三？"

吴菁平静地说道。

"嘿，我……"

事实证明，玩嘴上功夫郑温柔是没有什么竞争力的。

我抬起头，一边嚼鸭肉一边看着林启航。

我忽然就觉得郑温柔输定了。

一个男人看心爱姑娘的眼神是不一样的。

有一个宇宙。

郑温柔可能还在组织语言，吴菁猛然续话。

"启航为了我放弃了出国深造的机会，我为了启航也放弃了工作来陪他。我和他这么久从来都没有吵过架，他什么都不瞒我。"

郑温柔微笑了起来，感觉气场又回来了："你确定他什么都不瞒你？”

吴菁也微笑道："当然。"

林启航看着郑温柔的目光变得深邃，我看向郑温柔的目光变得戏谑。

我们俩都知道她要准备说啥了。

"那前天晚上……"郑温柔一字一句地说道。

"那不是你喝多了，他照顾了你一夜么，我知道。"吴菁的眼神也忽然有些慌乱，因为她也觉得这个夜晚似乎发生了什么事情。

郑温柔的眼睛直勾勾地看着林启航，足足看了三十七秒。

就在我觉得她要高爆发一次的时候，她点点头："我以为你不知道他照顾了我一夜，这证明我还是有机会的嘛。"

我猛然转头一脸惊诧。

林启航舒了一口气，吴菁眼神也莫名其妙地柔和起来。

饭毕。

结完账，林启航说道："陈爽，记得把郑温柔送到寝室啊。"

我点点头，和他们分道扬镳。

郑温柔忽然大吼一声："结婚记得请我。"

扭头便走。

我一愣，眼见她已然快要淹没在校园夜晚昏暗的阴影下，不顾林启航的那声"好"的回复，追了上去。

9

我和郑温柔坐在河边。

她说她想去吹吹风，做些那些电视剧里常有的失恋后大起大落大吼大叫的事情。

郑温柔从没有做过这样的事情。

我买了几罐啤酒，和她坐在河堤的台阶上。

沱江河黑幽幽的，像是上帝的哈雷碾过后的轮胎印。

我很不想来，酒足饭饱过后就应该打打游戏睡睡觉做做春梦。

其余的都是瞎扯。

但我怕她跳河，就跟着来了。

虽然我是旱鸭子，但好歹能报个警求个救啥的。

她脸上的妆花了，虽然我不懂化妆，但我知道一个妆花了都没想补的姑娘，心中肯定有着比补妆更让她揪心的事。

我知道今晚又要听别人矫情了，但还是蛮期待的。

因为郑温柔不矫情，从不矫情的人矫情起来是个什么样子我都还不知道。

"你咋不跟她说林启航把你睡了的事情……额……好吧……你把他睡了的事，你别这么看我，我怕。"我说道。

"因为我发现没用啊。"郑温柔又像喝可乐一样喝啤酒。

"他很在乎她，很在乎，我看得出来，生怕我插一杠子，那天那事我没怪他。"郑温柔用一只手胡乱地擦着嘴角的气泡。

"当时他清醒的啊，还不是和你做了，真不负责任。"我义愤填膺。

她侧过脸，似笑非笑，"爽子，换作是你你会负责吗？"

我脑补了一下，这么一个能做女神的姑娘万种风情地抱着你，这确实……

你说你得道高人仙风道骨？我倒是觉得你是不是江湖骗子？

她见我不说话，一巴掌就拍我后脑上，"你大爷的，现在懂我为啥不怪他了吧。"

我捂着脑袋，一脸哀怨。

"他不喜欢我这样的，我有什么办法？我有些不甘心，但主要还是因为我喜欢他。连上今天，他拒绝我八次了。"郑温柔一副纠结的表情。

夜风像银针一样让你欲罢不能。

"算了，这么些年喜欢一个男人，还睡到了，值了。"她站起身来，一抡臂将还有一口酒的易拉罐往河里扔。

就是这样矫情的人多了，沱江的垃圾才这么多。

"你毕业去哪？"我问道。

"去哪？应该是回东北，哈尔滨或者大连找个工作吧。"郑温柔穿着一袭黑色小西服，头发挽起随意地站在夜里的河堤上。

"他们结婚你不去？"我坐着，仰起头。

"不去了，那姑娘也不错，不做作，只是我郑温柔这辈子可能是真的做不到那种小鸟依人了。"她有些自嘲。

"你的温柔都给了林启航。"我开始叨叨。

"嘿，对，都给了一个比我矮又不帅的老师。"郑温柔看着河堤上散步的情侣，"四川气候我不喜欢，潮湿，热，我还是喜欢我们七台河，冬天有风雪，夏天有凉风。"

"那回去吧。"我捏扁了喝光了的易拉罐，笑着说道，"你也真的不像个姑娘，这种时候也不哭一下应个景。"

"我哭过了你没看见。"郑温柔小声说道，可惜我没听见。

10

没隔多久我还真收到了林启航的请柬，我去都没去，礼钱都是打到了支付宝上。

接到请柬的那天我给郑温柔打电话。

"你收到请柬了吗？"她那边是一阵稀里哗啦撕什么包装袋的

声音。

"收到了啊，不去。"她说道。

"找着工作没？"我问道。

"找着了，在一家户外俱乐部，幸亏当时考了一个导游证，准备等两年有资格了考户外领队。"她那边没有了撕包装袋的声音，却有了嚼东西的含糊不清的声音。

"有空来东北找我，我在大连。"她末了说道。

后来我再没见过她，只是偶然能看到社交软件上她户外带队的照片和视频。

她甚至还来过毕棚沟，只不过那时我恰好在西安。

她成了我朋友圈里一道靓丽的风景。

自信，时尚，健康，漂亮。

打扮也不再是初入社会的那样倒洋不土，皮草步靴，西服高跟，冲锋衣溯溪鞋。

信手拈来轻松驾驭。

偶有朋友看我微博，一阵惊呼："你这浑小子还能认识这种女神？快介绍给我。"

我总是笑着说道："哦，东北姑娘，你能镇住？"

朋友一脸受伤，反复斟酌，半晌后喃喃自语："算了吧。"

11

现在我写下这篇故事的时候，是我之前听到尧十三那首《北方女王》。

一闭眼就想起郑温柔。

放肆、桀骜、野性、豪爽，这是大家对她的印象，这直接提高了我们一群四川人对北方人的好感值。

温柔、细心、执着、率真，这是我加上的印象，有一个人，她曾小心翼翼真心对待过。虽然后来执着没有结果，她也坦然放下没有拖泥带水。

她现在的QQ个人签名是这样的：世界很大，努力就能多看一些风景。

很成熟的语调。

也只有我更喜欢她以前的QQ个人签名，看上去让人觉得很舒坦，像是和她喝了一场酒一样——

"你说你爱南方姑娘，我知我是北方女王！"

对不起，
没有谁有资格和我妈一起掉到水里

1

以前行文提到过一个凶星，这也是曾经服过刑的一个朋友亲口说出来的。

那个估计这辈子也出不去的悍匪，面对着砍刀钢管能硬扛着杀出一条血路，面对着当面是人背后是鬼的社会阴暗面也能游刃有余，做了小半辈子狼心狗肺心狠手辣的打手。

我那邻居小孩在夏夜的星辰里蹲在我旁边给我讲这个男人的时候，我没有丝毫同情，哪怕他右手只有两根手指。

一报还一报。

"那时候他那个六十多岁的妈经常来看他，送的东西到他手上剩不了多少，他时常破口大骂，连我们狱友都觉得他就该毙了。"

"后来呢？"

"我出来前的那个年末，他妈去世了，再没有来过，那晚上我睡不着偷偷摸摸起来抽烟，就看到他站在那里，哭得像个孩子一样。爽子我不骗你，我一直没觉得后悔，只觉得运气不好才会进牢子，但是那一天开始，我很想我妈，真的想。"

这大抵是那个时候我和他的对话。这个场景一直在我眼前打转，特别是当我和我妈发生了矛盾的时候。我千万次地告诉自己：因为只有她们无偿地爱着你。

2

我有一个朋友，刚毕业参加工作。很少回家。有一次我去他家找他，约好了要一起喝茶。我一进门就看到他正把他妈的脚放在自己腿上，小心翼翼地给她擦着什么药，好像刚洗完脚，旁边还放着一个木桶。一米八几接近一米九的身高弯着腰，颇有点滑稽。阿姨在旁边笑眯眯的，不说话。

"小爽来找你了，别让人等太久。"阿姨笑着说话。

他摇摇头，"不急，擦完我就出去。"他妈妈招呼着我坐下，和我聊家常。出门过后我一脸羡慕，"说实在的，我没给我妈洗过脚，觉得矫情，还有点不好意思。"

他点了一根烟，"不一样嘛，每个人都有不同的表现自己爱意的方式，我这最开始也是我女朋友叫我做的。我觉得挺有道理的。"

我笑着开口："那你后来还洗上瘾了？"他沉默了一会儿说道："你想想，大学四年都在外面，这工作一来，我可能大半年就回来这一次，洗个脚没啥的。"

我忽然觉得心里挺难受。三线城市拴不住年轻儿女的心，可有些人已经踏实生活了大半个辈子。回到家我算了一下，我大学一年除了寒暑假鲜少回家，估计以后工作也会很少回去，一年两三次吧，每次应该也待不了多少天，而一旦有假，陪对象、和朋友玩等事情可能就把家人排在了最后。

安慰自己他们是至亲，现在思考，或许只是因为他们向来为我们付出，我们习惯了罢了。但是一年能见两次，每次三天是六天。

你觉得还有多少年？想起每次我还没回来，我妈就打电话问我想吃啥的欢喜样子，有股情绪在鼻腔蔓延。"回家好好陪爸妈"这七个字我霎时间觉得字字千钧。

3

《教父》里有这样一段台词，我很喜欢：

You spend time with your family?

Of course I have.

Very good! Don't take care of the family of man,

not a real man.

你花时间和你的家人在一起吗？

当然。

很好！不照顾家人的男人，

根本不算是个真正的男人。

4

这不是较真儿，也不是矫情，在我念大一的时候，有一次我妈给我打电话。

她当时问我："儿子你说，以后妈跟你媳妇同时掉在水里，你救谁？"我一脸黑线："叫你少在网上看段子。"

"你说说看，"她带着笑意，"叫爸去救你啊，我是旱鸭子。"我东拉西扯。"他还不是个旱鸭子！你说不说？"她带上了威胁。

我思考良久，一字一句地说道："妈，这辈子没谁有资格和你一起掉到水里。"

她忽然沉默了。"难怪你单身……"半晌后她冒出这么一句。

我当时就想挂电话了,还有这么玩的?"放心,妈以后不走水边,怎么也不可能让我儿子为难不是?"她真的很高兴。

5

我刚在听钟立风的《今天是你的生日,妈妈》,心思一起写了这篇,有句歌词还是很感动的:"妈妈我告诉你,我找到了真正的爱情,她的模样就像年轻时候的你。"

写到这里要收尾的时候我看了一眼,想想还是要补上一句话。毕竟是站在男人立场有些偏颇,而且这个命题本来发生的可能性太小。我大概也只是借这篇文章说些平时很少说的话吧。

可是姑娘,一个男人连自己的母亲都不爱,你敢信他爱你吗?别开玩笑了。这个女人也曾被人捧在手心上,也曾度过青葱岁月豆蔻华年,可是后来啊,这个姑娘容颜不复,但她看着你的眼神里,依旧饱含着你降生之时她脸色苍白满头大汗抱着你时的爱意。

从此她就开始老去。

6

我去给我妈打个电话。

有幸钟无艳，无妨夏迎春

这一辈子，我都希望你能有钟无艳的执着，不管那个人身边有多少夏迎春。

去爱吧，别让年华成一场寂寂无聊的憾事。

然后把结局，倒在酒杯里，讲给拥你入怀的人听。

无关悲喜，无愧于心。

1

每个人都有特别无奈的时候。

比如火车上对面那大叔睡得像死过去了一样，但他脚臭。

比如你逃了课老师并没有点名，但他上课提问抽到你。

比如你姑娘"大姨妈"来的时候，你却恰好看了两部小电影。

再比如我每天晚上都必须要去遛狗。

但是各位看官问得好：遛狗这么有闲情逸致的事情，怎么会无奈呢？

每每这个时候，我就想点燃一根烟，然后烟雾在空中旋转跳跃，汇聚成几个大字：你还是太年轻！

我养了四条狗，最轻的是121斤，最重的有134斤。

裸的！没穿衣服！

我122斤！

裸的……哦，不裸！穿了衣服的！

这几个小数据就会形成一种让人很忧郁的现象——它们遛我，而不是我遛它们。

养猛犬的男人是酷，我承认。

但是遛猛犬的瘦男人绝对是一出极好的情景喜剧，根本不用脚本，所以钟小蛮就成了我特定时候的女神，主要指的是遛狗的时候。

那时我们常常一起在河边的公园遛狗。俗称狗友。

她大学毕业两年了，在一家幼儿园里当老师，当然这也是我后来聊天的时候问的。

当她说她在教幼儿园的时候我的嘴角僵硬，已经跳过了抽搐的画面，站在风里凌乱，脚下还有一条卡斯罗在吭哧吭哧地流着哈喇子。

而我的对面，算不得窈窕佳人，但也绝不是村野鄙妇的姑娘，穿着碧绿色浅黄碎花连衣裙，脚上一双坡跟皮质的凉拖鞋。应该是在下班才随意披散的秀发，手腕上一串一看就做工精细的星月菩提。

然后……

左手牵着一条131斤重、肩高46.5公分的西班牙加纳利，右手摸着那狗的头。

对我微笑着说道："我在幼儿园教书。"

这个画面我敢发誓，至少在我的脑海中重复了一千八百多遍。

虽然主角是个平胸女子。

我仍然有冲动跪下去："女神啊，请接受小弟最诚挚的敬仰！"

2

而她的狗却被她驯服得听话懂事不乱吠，但护卫犬的良好性格还在。

这里的性格不是指娇气可爱之类的，指的是猛犬的凶性。

动物园温顺的猛虎还是百兽之王？

工厂里流水的生产还是匠心独运？

歌坛里穿着衣服的苍老师……

大概就是这意思。

再一对比我家那几个遛我的"大爷"，我只能对钟小蛮心服口服，所以经常像个小跟班一样"蛮姐蛮姐"地叫着。

直到后来我去我妈闺密工作的幼儿园帮忙。

当然画墙画啊这些不是我这种谜之审美的人能做的，我负责端茶递水，捏腰捶腿，我这人就是助人为乐。

顺便看看那些幼儿园的漂亮的实习姐们儿。

"小爽啊，这两天累不？"我妈闺密笑呵呵地问道。

我眼睛直勾勾地盯着一个姑娘出神。

李阿姨见我不开口，顺着我的目光看过去。一巴掌拍在我后脑上，"你这小子，年纪轻轻的就知道看姑娘？"

我一脸委屈，"阿姨，我读幼儿园的时候就知道看姑娘了。"

李阿姨好奇心起，"来给阿姨说说你的恋爱史。"

我扭头看了一眼八卦之火熊熊燃烧的李阿姨，叹了一口气。

"阿姨，那个姐为啥一个人画啊？"

我问道。

李阿姨看了看，说道："小蛮是我们幼儿园特别能干的老师。"

我一脸鄙视，喂，老太太，说话这么"官方"真的好吗？

李阿姨沉吟半晌。

"小蛮一个人就做得特别好，其他老师还需要两三个人合作。"

我不说话，看着钟小蛮笔下鲜艳且欢快的色彩怔怔发神。

"啪！"我又挨了一巴掌。

我一脸无辜地看着李阿姨。

"你叫我阿姨，叫她姐姐？"李阿姨笑眯眯。

我想起我妈强迫我叫她小仙女的样子，恨不得哭给她看。

这……还真是一群不良少……妇女啊！

我轻轻地走到钟小蛮的身后，饶有兴致地看着她画画。

3

"陈爽，你怎么在这儿？"钟小蛮低头选彩然后发现了我。

我看着她脸上东一抹红西一片绿的样子，觉得可爱异常。

"蛮姐，你就在这工作啊？"我笑着走上前去。

"对啊，你看姐姐画得好不好？"钟小蛮穿着一身也是沾满了油彩的工作服，和油漆工差不多。

我煞有介事地走上前去。

"这只小鸭子画得很不错。"我表情严肃，一副考究毕加索原作的神情。

一阵沉默。

"那是天鹅……"钟小蛮继续画，头都没转过来。

我一愣，恨不得把自己装油彩桶里。

中午幼儿园聚餐。

李阿姨问我："你咋认识钟小蛮啊？"

我说道："我们经常一起遛狗啊，狗友，我一直叫她姐姐。"

李阿姨一脸笑容。

邪气凛然！

我战战兢兢："阿姨，你……你要干吗？"

李阿姨问道："喜欢人家？"

我一看她那双炯炯有神的眸子，里面迸射出小伙子你敢骗我我联合你妈一块收拾你的光芒。

我猛然扒了两口饭。

"阿姨你不能胡说，我和蛮姐就普通朋友。"

这倒是真心话。

看着李阿姨一脸得不到想要的八卦然后鄙视的样子，我就想把碗里的青椒全塞到她嘴里。

当然也只能想想。

不然别说她，我家那小仙女就不能饶了我。

"小蛮是这两年我们幼儿园招到的最好的老师。"李阿姨说道。

我半信半疑，环视了一圈周围那些叽叽喳喳的姐们儿，再瞅了一眼专心吃饭的钟小蛮。

她显得格格不入，或者显得特立独行。

一想到她在画墙画的时候那种认真和专注，丹青大家挥毫泼墨意气风发一气呵成的样子就是如此了吧。

再一想到她牵着一条加纳利的样子……当真妖孽了不成？

4

过后我问钟小蛮。

"蛮姐你今天还去遛狗吗？好累啊。"我用刷子搅动着颜料。

"不去了，我等下带你去个地方。"她收拾着盆盆桶桶。

我看看身上五颜六色还带着刺鼻气味的T恤没有开口，这需要搓得多用力啊？！

半小时后，我和她来到了一家咖啡馆。

我皱着眉头，"我怎么不知道这里有这么一家店？"

这一片儿是我自小长大的地方。

别说开这么一家店，就连哪间报刊亭卖的假烟最真我都知道。

"才开的。"钟小蛮笑着说道。

"你的？"我有点惊诧，这……幼儿园老师薪水待遇这么高？

"家里给了一些钱，我和朋友合开的。"她推门进去，我跟在后面。

"小蛮你来了？"一个男声响起。

我循声望过去。

一个阳光型的大帅哥正坐在一张咖啡桌前写着什么，应该是账本之类的东西。

一看到我，他站起身来跟我打招呼。

"这我一弟弟，陈爽。"钟小蛮指着我说道。

"齐禾然。"他主动伸出手。

我这人不怎么挑剔认识新朋友，特别是同性——没我好看就成。

这大概就是我朋友很少的缘故吧。

我笑着点点头，握了握，就在咖啡屋里饶有兴趣地东瞧西看。

我随手翻着一本旧书，齐禾然笑着过来说道："对这儿的布置怎么看？"

我放下书说道："很有味道。"

我努力地想要装出一副我经常出入这种场所的样子。

但事实证明，经常出入麻将馆的人的气质和长久坐在咖啡屋的人的气质，还真是不好区别。

"小蛮布置的，她学的室内设计。"

我习惯性地点点头，然后又抬起头，"嗯？学室内设计的去教幼儿园？"

"还有博士业余做捏脚的呢。"钟小蛮端着一个盘子走过来。

我坐在他们对面，刚喝了一点拿铁。

于我看来，我是真喝不出咖啡的好坏。

我觉得就和我熬夜时冲的速溶咖啡一样，还没那个甜。

但我很快就注意到一个问题。

5

"你们……这是……要向我秀……恩爱……了啊？"

我咬牙切齿。

偌大的咖啡屋里这个点儿就我们三个人。

两个适龄青年男女坐在一个比他们小一些的少年对面。

微笑着。

《圣经》说："他独自从神圣中来，走向永恒的不朽。"

你们从恩爱中走来，然后永恒地虐狗？

接着我一副见了鬼的样子。

一向淡定自若的钟小蛮居然红了脸。

"不会，我和小蛮是生意伙伴和好朋友，我有女朋友的。"齐禾然自然接话道。

我点点头，继续东拉西扯闲聊。

齐禾然的话似乎不多，但他有一点我挺欣赏的，不懂就是不懂，他就说一句："这个我了解得很少。"

齐禾然举手投足都显得很真实不做作，我对他的第一印象还是非常不错的。

但我今天还是察觉到了钟小蛮对齐禾然的情愫。

"然哥，蛮姐。"一个女声在门口风铃的清脆声中传来。

循声望去，略一思索，我下了一个结论。这个世界上，会打扮好看的姑娘还是男人的首选。

那姑娘一头短发，穿着热裤T恤，挎着一个小背包。但论长相，能拉低钟小蛮不少颜值。

她一上来，钟小蛮就坐在我这边。

只见这个姑娘蹦蹦跳跳地走过来："不是说好要去看电影吗？"

我沉默着用咖啡勺子搅动着，不好搭腔。

"我账还没做好呢。"齐禾然用手轻轻摸着那姑娘的头发。

"切，你啥水平我不知道啊？哪次做的账不是人蛮姐又重新做一遍？"

那姑娘一脸嫌弃，齐禾然一脸窘迫，我一脸云淡风轻，钟小蛮一脸偷乐。

八仙过海。

钟小蛮主动说道："好了好了你们去玩吧，我来就行。"

齐禾然说道："你别听萱萱胡说，那怎么好意思？"

我看着那姑娘一脸嘟着嘴的可爱模样，又想着人男朋友还在旁边呢。

我应该……打不过吧……

所以我飞快地低头，暗叹一声：红粉就是骷髅。

……

但骷髅真好看。

"这会儿跟我客气了？"钟小蛮说道。

"就是嘛，蛮姐又不是外人。"那个叫萱萱的姑娘说道。

齐禾然有点不好意思地抓抓脑袋。

"去吧去吧，怎么，还担心我做假账？"钟小蛮调笑着说道。

"哪能啊……"齐禾然起身，"那我去了哦。"

……

"那个，姐，隔壁不是一网吧吗……"我说道。

"大姐，你又不说话一直埋头做账，你知不知道，这个人啊，手机一没电，他就无聊。"我又说。

"马上好了。"钟小蛮抬起头来。

我顺眼看过去。

说实在话，字算不得笔走龙蛇惊艳全场，但也是娟秀灵气自有一股清新。

整整齐齐一目了然。

侧首翻过另一本，显然刚开始营业大多都是支出，但齐禾然做账的本事还是很不简单的……就是没怎么看懂。

一般在齐禾然的账后面就有钟小蛮做的账，高下立判。再一想到这咖啡屋本身的设计也是钟小蛮一手完成的，让她的形象又高大了一层。

似乎一直在高大，从未有削减。

要是再漂亮点……

我就把我哥介绍给她。

6

幼儿园布置这一段时间我倒是和钟小蛮熟悉了很多。

顺带着和齐禾然也熟悉了不少。

他打球，也玩游戏。有时候没生意，他就和我到隔壁网吧玩把篮球操控游戏。

本来日子可以说波澜不惊。

然而某天我正在和一群哥们儿喝夜啤，一个电话忽然打过来："小爽，你……你……在哪？"

我一激灵，齐禾然？

这什么语气？出事了？喝多了？

"然哥什么事？"我猛地站起身来，一桌子人全都看着我。

"你……我……"他忽然吞吞吐吐地说道。

"大老爷们儿说话怎么这样子？说！"我喝了酒，扯着嗓子吼道。

"你来店里一趟吧。"他说完就挂了。

我挺窝火，这算什么事？你话都没说清叫我过去？不过看着他们越叫越多的酒，也罢，当逃酒了吧。

来到店外，却让我觉得有些诡异。

钟小蛮坐在咖啡屋外面的台阶上，低垂着头，咖啡屋黑幽幽的也没有开灯。

这……演鬼片呢？

我四下观望没有看到齐禾然，有些纳闷。

"蛮姐……"我小声叫了一声。

她抬起头我就知道不对了。

冰冷的月光之下，钟小蛮肿着眼睛，脸上一个大耳光印。

显然是哭过。

我连忙跑过去："蛮姐你咋了？"

她不说话，就这么看着我。

"谁打的你？"

她不说话，还是就这么看着我。

我忽然烦躁起来，"哑巴了？我问谁打的你！"

她还是不说话，仍然就这么看着我。

看得我汗毛都竖起来了，啤酒引发的尿意憋着不敢动弹。

"鬼上身了？"良久后我轻声嘀咕了一句。

她微微一笑，我心里一咯噔。

这世界上真有鬼？也不知道这鬼漂亮吗……

7

"她凭什么打你啊？她算什么玩意儿？"听完来龙去脉我直接切换到混混的角色。

1.夏萱给了她一耳光。

2.夏萱像偶像剧里女主一样转身便跑。

3.齐禾然没阻止，他很符合剧情地去追夏萱。

我听完后第一反应，偶像剧害人。

第二反应，爆了以上粗口。

第三反应，夏萱为什么要给钟小蛮一耳光？

而身为一个脑洞很大的新时代小青年，我眼睛一眨一眨地看着重新恢复淡定神色的钟小蛮。

"姐，你背着夏萱和然哥那啥了？"

她"噗"一声把我刚给她倒的水喷了出来。

"好吧，姐，那你这耳光不冤。我知道你喜欢禾然，但你这样可不好。"我抓抓脑袋。

这姐们儿还是很厉害的。

说实话让一个男人放弃大胸长腿选择其貌不扬的妹子还是挺难的。

她作势欲打，我嘿嘿直笑。

"没有，由始至终我都很注意。"半晌后，她喃喃自语。

我皱着眉头。

"昨天我忙着把厕所的地板换一下。有些晚，他送我回家，然后刚就来这么一出。"她继续说道。

我有些心疼地看着她微微红肿而不是因为羞赧的脸颊。

没有说话。

她没有再哭，像是做了好久的思想斗争一般，轻声问我："小爽你觉得禾然这个人怎么样？"

我一愣，深呼吸一口气。

"姐，我先去上个厕所。"

"滚！"

到厕所里，果然地砖已经换成了木质地板。

看上去更大气了一点。

就是不知掉尿液会不会把木质地板腐蚀。

我抬起头看着镜子，猛然打开水龙头洗了把脸，好歹算清醒了不少。

8

"蛮姐，这我不好说啊。"

"你平时不和他玩得挺多吗？"钟小蛮一脸不乐意。

"玩是玩，但说句实话，我觉得他除了长得好看点，没觉得他有什么特别擅长的地方。"

我小心组织着语言。

"但他长得好看啊。"

我……

瞬间就觉得这个女子根本就不该被打，该被"杀"！

"说笑呢，其实我也不知道我喜欢他什么。"钟小蛮还是微笑着说道。

我不语，默默看着门口的路灯出神，这又是一个伪命题。

花开千万种，佛陀各不同。

有些人觉得好感需要质点，有些人偏就觉得喜欢不用理由。

"带烟了吗？"钟小蛮开口说道。

我愕然："姐姐你要抽烟？"

她展颜，轻笑着，"抽，偶尔抽。"

她接过烟和火。

"啪"的一声点着。

只有昏暗的路灯，夏夜尚算凉寒的冷风，和台阶旁少许盆栽。

她点着一支烟，眼神阴沉略显凄楚。

"我和禾然从小就认识，他一直就懒散，学业不好，叔叔阿姨觉得一个男生只要健康不走邪路就成，也没怎么管他。"

我不吭声，低头打火，打了好几次都没点着。

钟小蛮将她的烟递过来，示意我点。

我咂咂嘴，吐出一口烟雾，才感觉踏实了下来，"青梅竹马？"

钟小蛮想了一下，点点头，"我那时候戴个大黑框眼镜，剪个小平头，像个男生一样。"

我盯着她，似乎想要勾勒起她描述的样子。

终还是失败了。

"我喜欢他我知道。可能从小就喜欢，没那么狗血的什么细节打动人心，就觉得和他在一起自然又习惯。"钟小蛮理理头发，烟头夹在手指上。

"嗯，我第一次就看出来了。"

我嘴上说道。

你别把头发点着了，我心里默念道。

"念完本科我就不想念书了，想了想还是回来了，在幼儿园教书，闲时做做期货接接设计私活什么的，不富裕，但我生活也算绰绰有余了。"她继续说道。

"因为知道了他恋爱的消息，我就没有主动联系他。直到前段时间他在街上碰见我和我闲聊，说他想开一间咖啡屋，不知道怎么装修。"

"然后你就给他说你学室内设计的？然后他就让你帮着设计？一来二去旧情复燃你就投了这钱？"我看着她的一根翘起来的头发发呆。

她猛地转头，“你懂个屁！”

我噘着嘴，大口吸烟。

“他家里给他那钱根本连中等质量都做不出来，做得倒洋不土不伦不类定位不准的咖啡屋绝对很快就关门大吉。”

我猛然想起齐禾然做的账本，深信不疑。

一阵沉默。

“我就想帮他，我就不乐意看到他失败。”良久之后，钟小蛮喃喃自语。

几年以后当这家店在我们这个城市开到第三家分店，从数不胜数的清吧咖啡店冲出来的时候，我才理解到现在我面前这个大不了我几岁的姑娘着实是才华横溢目光沉稳。

学历高不一定就代表能力爆表。

当真是不只须弥有观音？

妖言惑众吧？

当时我要知道她有这个本事，首先得让她帮我物色个姑娘。

她没喝酒，也没有再哭泣。她像一个陌生人一样，给我讲着一个陌生的故事，一个千篇一律的备胎的故事。

在这个故事里，她是主角，可以拿奥斯卡，处处都是黑泽明的意味。

在那个三流偶像剧里，她是配角，会被淹没在茫茫碟片和种子中。

再也无法翻身。

9

齐禾然再次出现在我们面前的时候，满头大汗。

“小蛮，刚刚对不住了，我这才把萱萱送回去。”

我瞥了他一眼，站起身来，“啪”就是一个耳光。

他马上就准备起来和我拼命。

"啊啊啊啊……"钟小蛮忽然一阵歇斯底里的尖叫，划破了夏夜的温婉。

齐禾然满脸愕然地看着钟小蛮。

我面无表情地看着齐禾然。

"我和你姑娘不熟，我和蛮姐熟，我帮亲不帮理的，她的耳光不能白挨。"我继续说道。

齐禾然脸上表情阴晴不定，终于还是没有再准备动手。

气氛如同深水寒潭。

"我明天再给你解释吧。"齐禾然对着钟小蛮说道。

半个小时后。

这个点对于动则通宵荷尔蒙爆表的年轻人来说尚早，但是牵着一条加纳利就又显得很奇怪了。

我和钟小蛮走在大街上。

这时候的城市除了特定的区域还是挺冷清的。

时不时有呼啸而过的摩托车，传来年轻姑娘放肆的笑声。

"小蛮姐，"我抓抓脑袋，"这个点儿遛哪门子狗啊？"

完了，不会是脑子被气出毛病了吧？

"没事，这两天都没放它，可把它憋坏了。"钟小蛮还是平时的钟小蛮，只是眼睛有点肿，脸颊有点红。

"齐禾然不喜欢狗，连宠物狗都不喜欢，更何况是猛犬。"她忽然说道。

我一愣，皱皱眉头。

说起来颇为无情。以前一个亘古难题叫作"你妈和你媳妇掉水里了"，这个命题从司法的角度来讲你不救你妈是违法的，但其实这样的问题比比皆是。

人这一辈子最精彩的就是不停地做选择，最黯淡的也是不停地做选择。

"你爸妈离婚了你跟谁？"

"肉和芝士你选什么？"

"英雄联盟和姑娘你要哪个？"

智者会选择一个有共同爱好的人在一起。

但不是每一个人都喜欢做爱不戴套。

也不是每一个人都喜欢深夜不回家。

我意识到这其实也是一个抉择的。

"他小时候被狗咬过，有阴影。"钟小蛮轻轻地帮着她的狗松松颈项圈。

"这很正常啊，但我觉得你和齐禾然……"我看着她狗的哈喇子，说道。

"感情不能勉强，"她笑着说道，"你以为他就不知道？"

我们停了下来，她的狗乖乖巧巧地就在我们身边趴着，喘着气。

"他知道，曾经也暗示过我他不喜欢我，没有什么暧昧，他喜欢的是夏萱那种姑娘。"

"庸俗。"我说道，钟小蛮挑着眉看了我一眼。

我嘿嘿笑道："那种姑娘哪能带回家不是？"

钟小蛮撇撇嘴没有说话。

"李阿姨当初就说你懂事能干，我和你一番接触也确实觉得你当得起这个评价。"我蹲下身子去捏捏这条叫旺仔的狗。

"你帮了他太多，前些日子李阿姨在我家吃饭还说你是她好久不见的大宝贝，准备把你介绍给她侄儿或者啥的呢。"我继续说道。

"他需要你，你就出现，然后尽心尽力地帮他；事情解决了，他就不理你，回到他姑娘身边卿卿我我。蛮姐，这不就是备胎吗？虽然可能齐禾然是无意的，但你是有心的啊，甚至我觉得你有点……"我抓抓脑袋。

"犯贱对吧？"钟小蛮倚靠在路灯边，灯下飞着蛾子，在下面有些不清明。

我嘿嘿笑，抬起头看着她。

她不说话，手上的牵引带一动作，旺仔就站起身来。

"你先回去吧。"钟小蛮说道。

"这……"我有点担心她的安全。

"你当我旺仔吃素的？"她笑着说道。

我点点头，朝家的方向走去，偶一转头，月光下，灯光旁，钟小蛮歪着头站着。本来是恐怖片的场景赫然变成了一部文艺片子。

猛然想起一句话："养着猛犬的女孩，是因为她的生活没有安全感。"

再一想，可能钟小蛮这样的姑娘，自己有安全感，但齐禾然把它拿走了吧。

我转过街，在即将看不到她的街角又习惯性地瞅了她一眼。

她抱着头蹲了下去，肩头一耸一耸的，明显在哭。

我愣住了，正准备走回去又脚步一滞。

她不需要这个时候有别人吧。

旺仔趴在她身边，安安静静。

我在街角抽着烟，安安静静。

整个城市不说话，安安静静。

只有她一个人不安静。

10

隔了两天我遛狗的时候遇到了他们仨，只有我不是很理解这个

有幸钟无艳，无妨夏迎春 | 037

"画风"。

钟小蛮牵着旺仔，夏萱挽着齐禾然。

三人说说笑笑。

这……难道是娥皇女英吗？

"你这傻子脑子里都想的什么？"

钟小蛮毫不犹豫地给了我后脑一下。

"我不理解。"我一副大姐你们这演的是喜剧片的样子。

皆大欢喜？

"我想了想，第二天夏萱也和我说了一下道了歉。"钟小蛮又变成了那个钟小蛮。

"你妥协了？"我问道。

大哥，要是我的话至少要打回来啊！

"不是妥协，是想通，我单恋他不知道多少年，因为不知道是多久开始的，我想着有一天他也不会再需要我的帮助，就算没有了夏萱，还有千千万万的姑娘，他不喜欢我就是不喜欢我啊。"钟小蛮笑着说道。

"唉……"我叹了一口气。

"男人的叹息等于太监的呐喊！"她忽然冒出一句话。

我一脸委屈。

"你知道钟无盐吗？"她忽然说道。

"就是齐宣王那个？我只知道钟无艳。"我看着我的狗在草地上撒欢儿。

"后来流传名字变成了钟无艳，有一部电影就是这样的。"

"我知道啊，我看了那部电影。不是有句话说得好么，有事钟无艳，无事夏迎春，这不就是一个超级大备胎的故事吗？"我皱着眉头。

"你觉得我是钟无艳吗？"钟小蛮忽然说道。

我偷偷瞥了一眼走在前面的齐禾然和夏萱，没有说话。

"电影为了迎合观众口味，变成了悲剧。但实际上历史人物里面钟无盐还是成了皇后的，她是非常有名的才女，虽然她奇丑无比，但她仍然是我最喜欢的人物，就为了她的那份执着和最后的功德圆满。"钟小蛮说道。

我拿出手机搜索钟无艳的资料，看了描述，我忽然很想知道她和齐宣王在一起时的情景。

这老头口味挺重啊。

"齐禾然对我来说可能没有人能替代，我为他做的事情也很少有力不从心的，不是那么轰轰烈烈的大悲剧。不是每一个人都是钟无盐的结局，但一定有人是钟无艳的青春。"钟小蛮也看着他们的背影，目光灼灼。

我眼睛眯了一下。

我可不认为这个女子眼神里那款款浓情是恩断义绝的前兆。

一如我第一次坐在那个咖啡屋里一样。

11

"我愿意去祝福他，不也挺好的吗？你前些日子不是说没有当过备胎都是不完整的么，现在姐姐我可是完整了。"钟小蛮说着话。

我若有所思。

最难消受佳人恩。

12

那个夏天就是我最后一次见钟小蛮，然后我就去上学了。

每每放长假回到我家所在的城市，总也要去咖啡屋坐坐。

钟小蛮开始接受身边人的介绍，也不再排斥一些追求者的玫瑰。她独特的审美让她开始有了很好的事业。

齐禾然仍然做账本一塌糊涂，但是这哥们儿在拉花这个方面居然很有天分。

好像后来和夏萱分手了，但很少有单着的时候。

这个故事讲到这里就算差不多要结束了。

前几天偶然听到《钟无艳》这首歌，我就又想起钟小蛮这个姑娘。

就想起她那晚一个人在街边默不作声地哭。

想起她的狗。

想起她的齐禾然。

想起她平静的不知多少年的备胎经历。

想起她在幼儿园画墙画的专心致志。

想起她给我讲钟无艳时的表情和看着齐禾然的眼神。

想起她娴静温婉却摸着一条猛犬的头对我微笑，"我在幼儿园教书。"

有时候不得不承认，教会我生活的，往往不是那些曾经在我身边待过的姑娘。

人人皆如来。

13

有幸钟无艳，无妨夏迎春。

我查一下地图看看白头怎么走

1

每一个故事如若不是悲剧，我想我多半就记得不清楚，也说不出来。

这个故事的主角是一个程序员，还是一个心怀浪子梦的程序员。

事实证明。

我们工科男心中除了烦琐的代码和公式，还是有很柔软煽情的东西的。

比如电脑E盘里面那一百多个G的不明电影。我和小红第一次见面的时候，是在成都锦里对面一家国际闻名的青年旅馆。40块一张床，三人间，我拖着无比劳累的身体进屋准备睡觉，心里一直感叹成都的交通堵塞情况还真是别样多情。

来了就不想走的城市？不如说是来了就走不了的城市。

就在这昏暗的房间里，我遇到了人生中最尴尬的事情。

我瞟了一眼他的电脑，松了口气，幸好，性取向应该还是姑娘。

2

我睡得迷迷糊糊的，第二天浑身舒适地起床，猛然想起昨天晚上那视我于无物的江湖豪杰。满脸惊恐地向其床位看过去，床上没人。

就在这个时候，他推门进来了，头发滴答滴答滴着水，一条白色毛巾随意地搭在肩膀上。穿着撑不起来的肌肉背心，花花绿绿的大裤衩，大概是某宝上九块九包邮的人字拖。

"那啥，你好啊。"他倒是随意地和我打招呼。一口浓厚的北方口音。

我点点头，强自扯着嘴巴给他笑了笑。

就在我胡思乱想的时候，那哥们儿居然把他电脑甩过来，一副看透人间的样子："E盘里，要看自己找。"

我一脸屈辱，你自己看了那种片子还要拖我下水？这不是典型的害人不浅吗？于是我手脚麻利地点开了E盘，我承认我绝对只是怕我不看他要揍我。

后来我发了这样一条微信：

女人的友谊很容易就建立起来，可是男人有时候更容易，建立友谊不过是我E盘里有好看的。

我决定回家后把我的E盘也塞满，当然不是为了自己看，而是用来和别人建立友谊。

3

我怎么可能想到，一个大男人的名字居然叫小红。我看着面前这个虽算不上孔武有力但好歹也是纯爷们儿的男人，对他的父辈产生了强烈的好奇，绝对是个热爱生活的艺术家。

他想让我和他一起旅行，并且列举了诸多的原因：小红和我的旅行路线一致，都是318；小红和我的旅行方式一致，都是徒搭；小红和我的乐趣一致，都是看E盘。

我呸，他看，我不看。

但结局是我们也结伴了，就这样我们到了泸定。泸定桥上，滔滔大渡河，小红像个诗人一样站在铁索桥中间，纵情高歌："江湖笑，恩怨了……潇洒如风，轻飘飘。"

我被他的慷慨激昂感染，恨不得踹他下去，丢人现眼。

"怎么样？有没有大江东去浪淘尽的感觉？"他兴冲冲地问我。

"呸。"我满脸诚挚地回答他。

"你这娃不善良。"他满脸受伤。

"你还好色呢，你就善良了？"天知道我斗嘴本事究竟是到了一个怎样的段位，至少也是白金级别了吧？

他瞪着一双不大的眼睛，想要把我瞪死，老半天蹦出一句："善不善良和好不好色有关系吗？"

我无言以对，因为我觉得他说得很有道理，反驳不了。

4

很久之前我跟同样在川藏线段的老猫相遇时，他教会了我一点儿徒搭技巧，导致我有段时间看到重卡副驾空着就会莫名其妙的双眼放光。

原来每个行业都有职业病。

小红的徒搭技巧很一般，但他有个绝活。

他一个北方人会说很多四川各地差别巨大的方言，只要他一上车。我大抵有个感觉，这哥们儿根本就不是工科生，根本就不是程序员，是个相声演员，而且还是逗哏这种引领全场情绪的重要角色，逗得司机还以为老乡见老乡，能多带一点儿就多带一点。

从雅安到天全。

从泸定到康定。

我惊为天人。

这大哥原来还有这种隐藏技能。而我的工作也极为重要，就是负责衬托他极强的语言天分，这让我一度想把他丢到那绵延的二郎山隧道里，让他体会一把什么叫作二郎山的温柔。

5

到康定的时候，我们坐的是一辆救护车。如果不是因为忽然泸定下起了雨，我是断然不会坐救护车的。

原因很简单：救护车里面的气味很难闻。至于吉不吉利的问题，那时候倒是笃定地坚信问心无愧自然吉人天相，何况我们也没做啥偷鸡摸狗的事情，充其量也就半夜看个小电影啥的。

难道这就会让我们招来祸患？瞎说。

我说瞎说的意思是还真能招来祸患，地点是康定一家著名的青旅房间里，时间是晚上十二点多，事件是他看电影的时候他女朋友打电话来。

嗯，正常男人在这方面也是同性才可以交流的，但是他不小心按了免提，岛国女优清脆绵长的呐喊通过扩音器传进了她女朋友的耳朵。

"该死的王八羔子你到底在干什么？"他和我讲了一路他女朋友有多温柔可人，一点儿都不像北方人，我现在第一次听到这姑娘的话语，坚信不疑，这算是温柔到极点物极必反吧。

小红自然是手忙脚乱地哄，他姑娘哭哭啼啼，不依不饶，根本不相信是电影。

"我每天都念着你平安，你跟我说那是你的梦想。"

"结果你居然背着我寻欢作乐。"

"就这么一个多月你就忍不了了？"

"我告诉你，你别回来了，见你一次打你一次。"

然后传来了电话忙音，小红满脸苦涩，我一副事不关己的样子，原来两个人都是说相声的。

小红是职业程序员，兼职逗哏；他女朋友，嗯，职业黑社会，兼职捧哏。

那晚上我睡得像一条死狗一样，只模模糊糊记得起夜时，小红还在跟"黑社会"汇报保护费的事情，我不禁感叹，原来做大佬背后的男人也难。

6

第二天他肿着一对熊猫眼，一脸疲倦，但好歹还是把他姑娘哄好了，而且我们计划明天继续走，所以他还是起床和我在康定县城里乱逛。趁着这个乱逛的时候，絮絮叨叨地跟我讲他和他姑娘夏季的故事，也就是一个小弟是怎么样进入到大佬的组织中的，小红和大佬，不对，小红和夏季从小是邻居，颇有些青梅竹马的意思在里面。只不过后来高中时夏季家搬走了，断了联系，但是巧的是大学居然和夏季是一个学校，然后俩人顺理成章地就在一起了，家里也知道。

只不过还差个证。

小红专业很不错，但就是比较苦。夏季不计较，依然陪着小红。小红大学有不少想做的事情：比如世界那么大，他想去看看。

我正在雅拉河的桥上喝着一罐雪碧，听到这话差点呛死，这家伙还有这么文艺的梦想。"但事实上，我没钱。"他继续说道。

我又差点呛到，他绝对是说相声的。

后来想想也是，年轻人包袱少抱负多，世界大，想去看，但还就是因为没有那笔说取就取的钱，自然不会有说走就走的旅行，结果这次还真是他第一次长途徒搭旅行，做了很多攻略。

当然还包括说服夏季和他的老板。

我差点把他踹到雅拉河里去，第一次出来徒搭居然能这样驾轻就熟，这不侮辱我智商吗？

7

我们在康定住的客栈对面是一个藏族小伙子开的烧烤店。

小红做了一个惊天地泣鬼神的决定，他今晚不看片。于是我们就想着去找点乐子，想来想去就觉得还是吃点烧烤安全一点，人在异地，不能太浪。

"兄弟来点什么？"藏族小伙子操着一口不熟练的汉话，咧开嘴笑着说道。黝黑的皮肤下一口白晃晃的牙。我想起了以前恐怖片里的人物，觉得好笑，又不敢说，毕竟隔壁桌子上那泛着光的剔骨尖刀不是说着玩的。

"来十串羊腰子。"小红扯着那口北方嗓音吼道。我一脸震惊，这，这是要肾虚了啊，烧烤上来，喝点啤酒。

虽然晚上的康定有点冷，但烧烤就得就着啤酒才有感觉。

小红酒量不小，话还是多了起来。

"回去就和夏季结婚。"这是他在咽下一口羊腰子后跟我说的第一句话。

我点点头，想看看他是不是喝多了。他眼神清明继续说道："这次能到拉萨，就足够了。"

我沉默着不开腔。

藏族小哥在一旁擦着桌子。

"我都计划好了，那么多年，人一美女跟着我这穷小子，不能委屈了她。"

"这次旅行完，我就求婚，在我下飞机见到她的第一面就求婚。"

"然后就不随便出来了。"

我问道："为啥这么说？"

他咕咚咕咚喝着一瓶啤酒。

"爽子你还小，你不知道，给自己心爱的姑娘一个家是男人的责任。"

"这出来祸患无常的凭啥给人家安全感？"

"我现在房子首付给了，工作稳定了，有负责任的本事了，就不能孬。"

"呸，姑娘是有多好？"我嘴上说着。真男人。我心里想着。

小红瞟了我一眼，大声喊道："结账。"

我一脸悲愤，今晚全被他吃了，我肚子啥都没捞着。

回到房间洗了澡，小红说他有点头晕。说实话我也头晕，康定这地方七八月份晚上照样能降到零度，还喝了酒洗了澡，不晕才怪。

<h1 style="text-align:center">8</h1>

他喋喋不休地继续说他准备给夏季的惊喜，然后心怀澎湃地幻想夏季惊喜的反应。原来，虐单身狗的事情，哪里都会有发生。

我闭着眼默念《法华经》，一副空灵修仙的样子。

翻过康巴第一关折多山就能到摄影家的天堂新都桥。

我寻思着到时候小红肯定又要对着新都桥如画卷般瑰丽的风景矫情，到底也觉得这个工科男人心里也有不能用代码编织的地方。

第二天我们到了折多山。

康定2500米左右的海拔还觉得能接受，但5000米左右的折多山却是忽然挑战着呼吸。

是夜。

我怎么也不能够想到。

小红高原反应特别严重，下腹绞痛，还有拉肚子和轻微打摆子的情况。

我手忙脚乱地照顾着他，他说他觉得氧气不够想睡一会儿。他躺下过后，我决定一晚上不睡。

隔一会儿就把他叫醒。

这可不是玩笑的。

有不少人在这种情况下睡了就再也不会醒来了。我还等着看他的E盘珍宝呢。

结果在凌晨3点多的时候。

我再也没叫醒小红。

我像疯子一样哭了出来，不停地摇他。怎么就叫不醒呢？好多人都醒来了，都过来了，甚至有些司空见惯的人还能踏踏实实回去睡着。

很多人陪着我。

我还是不停地叫，直到我发不出声却还是做着口型。他的电脑还静静地陪在他身边。

我知道他的大背包里还有一个他偷偷买的钻戒，求婚用的。

我打开他的手机，屏保是个姑娘，不是很漂亮，但笑得很灿烂。

我实在无法想象这姑娘听到这消息会怎么样，但我也不忍心自己来告诉她这个事实。

天亮过后，下山，报警。我默默地做完了这些，在警察准备通知家属的时候离开了，也没有拷贝他E盘那些宝贝。

回到客栈，我也没有心情跟人解释为什么半路返回。第二天，我坐上了康定回成都的班车。

马不停蹄。

一路上都是他的北方口音在回荡。

"这出来祸患无常的凭啥给人家安全感？"

"爽子，我困，想眯一会儿。"

"爽子，记得把我叫醒，明天到新都桥呢，摄影家的天堂啊。"

……

9

也许在后来当我走在这条路上的时候，

我会忽然想起，

这里也有个热爱着这个世界的男人，

把生命放在了这湛蓝的天空之下。

用他赤诚的眸子，

眺望着远方心爱的姑娘。

也许在后来当我离开这条路的时候，

我会忽然忘记，

这座山所发生的一切，

就像这个世界抛弃了我一样。

挥一挥手，

再心怀慈爱地走在路上。

双手合十的时候我会安静下来，

把这个故事讲给我遇到的每一个人，

不用悲伤的语气。

这时光，是一个少年犯

1

我爸年轻的时候一头长发，体格健壮，所谓快意江湖。

通俗点说我爸年轻的时候是个混黑的混混，尽管他没有文身。

偶然我看到旧照片，再一扭头看到电脑前为了联盟和部落认真厮杀的老爸的板寸头。

啧啧称奇。

……

"你爸原来身体好，脑子又好使，书念得好……"我妈一边看着肥皂剧一边跟我说道。

"然后你就追他？"我拿着照片问道。

"胡说，老娘当初也是个小仙女好吗？"我妈一边抖腿一边嗑瓜子。

这都是哪学来的词？小仙女老了就这副样子？

"那时候还是要人介绍的，我十多岁就来城里跟车租房，有一次我听外面一小伙子唱《水手》，唱得好听，结果嘿，这个声音忽然近了，就是你爸，他认识我房东。"我妈回忆道，"那时候感觉不错，然后就听说他是有点混，还是很有顾虑的。"

我饶有兴致,外公家书香门第,肯定不能接受这样的。我问:"那我爸怎么打动你的?"

我妈嗑着瓜子,"他答应我不和那些不三不四的人交往。"

"你就信了?"你这谜之信任啊,我心里震惊得不要不要的。

"但事实证明我信对了啊,结婚二十三年,他没有一点让我不满意的地方,除了他爱嘲笑我脑子笨,嗯……还有不爱洗袜子。"我妈脸上满是骄傲。

"你脑子是有点笨……"我小声说道,素日里和我爸一起黑我妈黑惯了。

"老娘告诉你,女儿家这辈子最要紧是嫁对人,我就聪明了一次,不过还有一点不怎么满意。"我妈说道。

我看着他们合照,听到这话抬起头。

"你以前皮,他揍你完全是下死手,每次我都要因为这个和他吵架,哪有把自己娃打成那样的?"我妈笑眯眯地看着我,"你看吧,我去给你爸打电话,他一喝多第二天准胃疼。"

我看着爸妈年轻时的照片,想着他们现在的模样。

衣服款式新了,但人也添上了岁月的风霜。

2

邻居家的张爷爷张奶奶是看着我从一个满院子跑的光屁股小孩子到现在的。

以前上小学时家里没人我就待在他们家玩,他俩孙子和我年纪相仿。

两个老人很和善,对我也好。

我想他们应该不知道我带着他们孙子去看色情录像的事情。

暑假在家,早上去河堤晨跑,有一次遇到他们也在晨练。

"小爽啊，你起得这么早？"张爷爷笑呵呵地说。

因为从高一开始就在外地念书，这些年匆匆回家连家人都陪伴得少，何况这些老人，反倒是小学初中的时候和两个老人见面多些。

"张爷爷，"我喊了一声，走到他身边，"奶奶呢？"

"呐，在那玩器材。"我顺着他手指的方向看过去，张奶奶在一个转腰器材上扭动着身子。

我和张爷爷走过去。

"你好了没有？"张爷爷问道，"等下卖油条的要收摊了。"

张奶奶先是跟我打了个招呼，就一边对张爷爷说话一边准备下来，"买不到油条就回家熬稀饭啊。"

就在这个时候她一个趔趄，眼见要从转盘上摔下来。

张爷爷眼疾手快一把扶稳，没好气地说道："小心点，这把年纪了，摔了可不好医。"

张奶奶不好意思地抬头笑笑，"这不有你嘛。"

晨光熹微中，一对白发老人并肩离开，没有矫情到手牵手，但在尚空旷的广场上别样多姿，也许年轻时他们就这样走过来的。

我站在那里，莫名觉得温暖异常。

3

我在西宁的时候，遇到一个英国老头。

这个时候我已经接受了这个世界上总有些人活得是你梦想中的样子，看着他标准背包客的打扮，我一时兴起主动上前搭讪。

我英语烂得像个什么一样，但这老头中文不错，连比带画我俩还聊得挺有趣。

那个之前带我翻青海师大围墙的历史老师来找我，于是我们仨坐在水井巷一家饺子馆里吃川菜。

是的你没有看错，饺子馆里吃川菜，这老板跟那老师很熟，四川人，听说我也是四川的就亲自下厨炒了两三个菜。

果然是专业做饺子的，这川菜……有点不好吃。我心里这么想肯定嘴上不能这么说。

英国老头很绅士，微笑，手绢一样不缺，除了他身上穿的是冲锋衣。老师英文不错，交流很好，我就带着微笑云里雾里，老师看出我的尴尬就一边翻译一边交流。

英国老头来自曼彻斯特，我鲜少关注足球，也知道曼联的赫赫威名，但我想还是不要在行家面前臭不要脸，也就听着他说。

老头一边吃饺子一边说他的妻子很爱吃饺子，他的妻子是当地一家一家图书馆的管理员。

这些事情肯定是要他自己说的，在外久了，尊重外国人或者别人的隐私问题是必须要考虑的，见他有想说的欲望，老师就问了一个问题："您太太呢？"

我忽然感觉桌面上沉默了，一抬头，就看见老人家大快朵颐的样子停了下来，依旧面带微笑，没有说话，似乎陷入了回忆，而老师可能也意识到自己的问题可能触了什么伤疤，有些尴尬。

我刚想说些什么，就听见老头磁性的声音响起："God is jealous of her beauty and takes her away."

我听不懂，老师缓缓说道："I think she must be smiling."

老头继续微笑，显然不愿意在这方面多谈，忽然说一句："I love her, always, she always in my side, never left."然后就转换了话题，继续和我们说说笑笑。我倒是觉得是不是食不言寝不语这样标准的绅士风格在这个老先生游历世界的时候有些改变，看起来也没有英国人的呆板，但是英国人的幽默却是淋漓尽致。

我忘不了他在谈起他妻子时的眼眸，像一片蔚蓝的海洋。所以在回去的路上我和老师单独在一起的时候问了刚才他们对话的内容，然后赶紧保存在手机备忘录上，这么好的情感，比得上我看十本小说。

　　……

　　您太太呢？

　　上帝嫉妒她的美丽就带走了她。

　　我觉得她一定是微笑着离开的。

　　我永远深爱着她，她也一直没有离开过我。

　　……

　　我没有再见过他，但这个英国老头确实是让我印象深刻，特别是那一双内敛却饱含深情的蓝眸。

⋮

又想牵你的手，
春光已老透

⋮

我想，抢劫情感是种罪

你这和情感绑架有什么差别？

我想吃苹果，你给我买来一个梨。

我礼貌地拒绝了。

你又给我买来了猕猴桃。

我礼貌地拒绝了。

你又给我买来了芒果。

我礼貌地拒绝了。

然后你哭了，问我你做了这么多为什么我不愿意吃一点呢？

我瞠目结舌，哑口无言。

我很感动。

可是我只想吃苹果啊。

1

大学期间常常有男生摆蜡烛表白。

我写这篇文章的时候想了一下，我一共围观了两次。

第二次是我的一对情侣朋友瞎折腾整那么一出，都是熟人，知道结果。

我发誓我就是冲着那哥们儿说帮他举了玫瑰站了场子就请吃饭去的。

　　他玩他的浪漫，我吃我的饭。

　　而第一次围观，是在大一的时候，我觉得应该不是安排好的戏码。

　　我打完篮球日渐黄昏，看见围了不少人，一个哥们儿捧着一束玫瑰花站在一堆心形蜡烛里面。

　　然后女主角登场。

　　我乐呵呵地围观，因为是第一次看这种情形觉得有趣。

　　同时也佩服这个哥们儿的胆量。

　　然后就是大声表白，一群人不管认不认识男女主角都在起哄。

　　女主角等了一会儿还是点点头，但她那个时候的表情我印象非常深刻，明明就是不乐意的样子。

　　回到寝室我和室友讨论这件事情。

　　"还是应该疯狂一下的，"阿洋如是说道，"要是我真的喜欢一个姑娘我也会这么做。"

　　"我呸，你考虑过女生的感受吗？"大鹏一脸看幼稚男生的样子。

　　我吃着香蕉不说话。

　　"换个实在点的说法，你说要是一个丑得实在不敢看的女的这么摆蜡烛找上一群人起哄表白你答应不答应？"大鹏噼里啪啦敲键盘在写实验报告。

　　"应该……不会吧。"我发现我香蕉烂了。

　　"人都这样了肯定特别喜欢你啊。"阿洋喃喃道，"不过你说得也有道理。"

　　大鹏嘿嘿一笑："女生面子薄，这种事情往好了说叫浪漫，往坏了说的话就是逼迫。拒绝了的话你自己也难堪，还觉得这姑娘是不是傻啊，老子都这样了还铁石心肠？但是人家不喜欢你啊，照这样说是不是蜡烛店老板有后宫佳丽三千？"

我抓抓脑袋无言以对，半晌后冒出一句，"上床睡觉吧。"

2

我大二做补习老师的时候一般带高二的学生。

不带高三是觉得跟我这补习万一效果不好还能补救，别误了人家前程。

可能除了上课时间我这人比较随意，所以常常听这些小伙子小姑娘讲高中那些初涉情感的小问题。

其中有一个学美术的丫头，她暗恋她的同桌两年了。

她告诉我她的同桌是那种乖乖学生，一门心思念书，都不怎么爱和姑娘说话。

你这就是犯贱。当然这话是我自己心里想，说出来这丫头揍我怎么办？她有段时间重复得最多的话就是，"我这么喜欢他，为了他连数学课都不睡觉了，他怎么就不愿意接受我呢？"

我听得烦，但总也不好对一个模样不差的女生爆粗口，于是那段时间怎么让她不跟我讲她和她男神的恩怨成了我想得多的一个问题。

她那次哭哭啼啼告诉我，她表白了但是被无情拒绝。

我一边给她递纸巾，一边酝酿怎么对她说她昨儿的卷子又做错了一大半。

"爽子哥，你觉得我错了吗？"她梨花带雨。

我愣了一下，想了三十多秒，说道："你喜欢他没错，但不是每一段喜欢都能有让自己满意的结果。"

她抬起头看着我，一脸不解。

我用纸巾擦擦她的眼角，说道："因为你喜欢他，他就该喜欢你。

这本来就是个伪命题。你做的那些所谓努力，其实只有你自己觉得感动。"

她本来停住的眼泪忽然又倾巢而出，我恨不得给自己一耳光。

3

我们家外面有个理发店，店主姓文，是个比我大不了多少的姑娘，想起她管我妈叫姐，那我觉着该叫声姨吧。

她男人是国企的员工，儿子上幼儿园。

两口子和和睦睦随时秀我一脸恩爱。

那次我去洗头，偶然聊到她和叔。她乐呵呵地说："当时追你叔的人可多了，我也是其中一个。"这话没说的，叔现在也能看出青春之时的俊气，做事又踏实。

"那你咋追的啊？你别说追他的妹子里你最漂亮啊，文姨，我不信。"我调侃。

"那哪能，那个时候我就记得有个姑娘特别喜欢他，那姑娘又漂亮。"她先敲了我脑袋一下，然后给我擦头发。

我撇撇嘴等她继续说。

"那姑娘当时逼他逼得太紧了，每一个接近他的姑娘她都觉得不安心，不过是真对他好，啥好的都想着他。"文姨说道。

我还是不开口，说实在话，总觉得这里头有些滋味我说不出来。

"后来他跟我说过，说其实那么漂亮一姑娘追他他也挺骄傲的，也有好感。只是那姑娘偏执了一些，把那些好感磨得一干二净。"她拿着吹风机，嗡嗡的，声音略大了些。

"你不逼他？"我声音也大了一些。

"啪！"她关掉吹风机，店里瞬间显得很安静。

"我喜欢他，但是他还没喜欢上我，我怎么舍得逼他和我在一起？那不是让他不开心吗？"

她声音颇小，却如同惊雷一般炸在我的耳边。

4

之前一哥们儿追一姑娘，很执着。

拿大家的话就是这哥们儿要是把这份心放数学上去也不会反复挂反复重修了。

但是总算结果圆满，当他把那姑娘牵出来的时候我们都替他开心。

我们一群男生喝酒，两三个小姐们儿说些悄悄话。

酒过三巡宾主尽欢。

第二天我躺床上刷微信朋友圈。

一个姐们儿发了这样一条："男生总觉得女生难追，其实女生心柔，总会败给对她好的人，不过是时间长短的问题罢了。"

然后我又看到她自己评论了一条："当然方法很重要，别以为你喜欢人家女生就多了不起似的，是你喜欢人家，凭什么别人就得接受你啊？没人规定必须理你？直男啊直男。"

我总觉得她话里有话，就评论道："求女神赐方法，论追姑娘的正确方法。"

等了十几分钟她回道："首先，你该给姑娘有拒绝的权利。"

我无言以对就直接发消息过去："你这是大彻大悟了？"她这次倒是秒回："昨天阿泽追那姑娘给我讲的。"

"她给你讲了什么？"

"没讲什么，讲阿泽怎么追她的呗。我挺有共鸣，就发出来了。"

"但是哪个追别人的人不知道别人可以拒绝？都知道，你这不废

060 | 最初不过你好

话吗？"

"嗯，都知道，但是不能这么做的更多。"

我回了一排点点点，然后回到她朋友圈里点了个赞。

5

爱情，这不是一颗心去敲打另一颗心，而是两颗心共同撞击的火花。——伊萨可夫斯基

6

如果说站在道德制高点做些恶心事的人是道德绑架犯。

那么是不是可以有这么一说——"请你不要做情感抢劫犯"。

又想牵你的手，春光已老透

1

有些时候并不是每一个人都有着郎骑竹马妾弄青梅的童年。

至少在谢诗的记忆里，沈星就是个既不要脸又不要命的人，特别是他揪着自己的小辫子的时候。

四岁的时候抢了她的冰激凌。

五岁的时候把自己的橡皮筋做成弹弓。

六岁的时候骗了自己的压岁钱。

……

但是说好的外星人直到自己都上了高中也没有来。

谢诗是个好姑娘。院子里的大人都是这么说的。

沈星啊，唉……院子里的大人都是这么叹息的。

他们小学初中都在一个班。

谢诗就觉得自己的命运被一个小矮子给毁了，还是个长满痘痘的小矮子。

命途多舛。

她每次被沈星作弄得稀里哗啦的时候，沈伯伯就会揍沈星，沈妈妈也会一边安慰谢诗一边骂他。可每次不到一会儿又看到沈星那张脸的时候，她还是会埋怨沈伯伯怎么不多揍一会儿。

打死算了。

想到这里谢诗又摇摇头，自己怎么可以如此恶毒呢？

嗯，最多残疾吧。

2

最是早熟豆蔻时，少女情怀总是诗。

当她第一次看到林峥的时候。

一袭白衬衫，仔裤，帆布鞋，斜挎着书包，从阳光点点渗透的林荫下走来，顿时脑子里只有一句话：陌上颜如玉，公子世无双。

然后就听到一个熟悉的声音："谢丫头，你脑子抽了，愣啥？"

喀，嘣，叽里呱啦……

少女心受到重创。

她再一侧头，沈星那张讨厌的脸又悍然出现。

鼻子上一颗痘痘让谢诗恨不得一刀剐过去。

林峥面不改色也未偏头半分，径直走过。

谢诗叹了一口气。

沈星说道："你叹什么气？男人死了？"

谢诗又叹了一口气。

一脸悲伤，同样是男生，怎么差别就这么大呢？

沈星点了一根烟。

谢诗瞥了他一眼。

两人沉默半晌，谢诗说道："我要告诉沈伯伯你抽烟。"

沈星眼睛一转，一副大义凛然你敢告我我就敢揍你的样子。

谢诗吓个半死，她了解沈星，就没有这家伙不敢做的。

"谢姐你行行好，我给你买你爱看的那种言情小说。"

3

谢诗和很多小姑娘一样。

爱看言情小说，也爱感慨伤怀，爱一切美的东西，当然那个时候就觉得那种五颜六色的荧光笔很漂亮。

相一比较她觉得沈星很庸俗。

周星驰那种无厘头搞笑有什么内涵？

真是的……虽然真的很搞笑。

所以当沈星拿着一张张周星驰的光盘来自己家看的时候，谢诗也很不情愿地一起看。

真的！很不！情愿！

虽然到后来她也买了周星驰的全套电影光盘，但绝对没有看得津津有味。

嗯……用沈星的生命起誓。

"这部真的好搞笑。"沈星蜷缩在沙发上，慵懒地说道。

"《大话西游》？"谢诗看着光碟盒上的简介。

"小星啊，晚上就在阿姨家吃饭啊。"厨房里传来谢妈妈的声音。

"好啊，阿姨，那你等下给我妈说一声。"沈星高声应道，然后转过头对着谢诗说道："我昨儿留在你这里的光碟盒子呢？"

谢诗挠挠脑袋，"在那里吧，昨天作业太多，没来得及看。"

谢诗怎么可能说她昨天在酝酿给林峥写情书的事情。

这要是被沈星知道了还得了？

"那先留在你这里吧，等几天我来拿。"沈星点点头，"不要看哦。"

谢诗嘟着嘴，没有吭声。

《大话西游》看得两个高中生笑作一团，意犹未尽。

……

第二天。

……

"啊，诗诗你在看什么？"

"不不……不是我，这……是……不是……我的。"

谁知道这光碟盒里装的光碟又没有标签。

谁又想过会是小电影？

谁又会想到妈妈会出现？

看着面红耳赤的妈妈和电视中婀娜的女优。

真的，沈星该去死！

4

有好几天谢诗都没有理沈星。

直到有一天。

"你……你怎么会和林峥在一起？"

"打球的时候认识的啊，怎么？"沈星忽然阴阳怪气。

"没，没什么……"谢诗忽然红了脸，书包里还有那封一直没有递出去的信件。

沈星眯了眯眼睛："小丫头，我要转学了。"

谢诗脑子里还是不怎么能接受沈星和林峥并肩走的画面。

"啊……你……你要去哪里？"

"去西安，我爸爸工作调动了啊。"沈星高兴地说道。

"你不回来了啊？"谢诗忽然觉得心里涌出来无数的情绪。

挺让人难受的。

"要回来啊，只是不知道什么时候了，怎么，舍不得我啊？"沈星的表情忽然坏笑起来，"可惜了，没可欺负的人了。"

谢诗心中翻涌的情绪瞬间被妈妈斥责的场面替代。

瞬间被小电影替代。

瞬间觉得好舒畅。

"谁舍不得了你啊，本小姐巴不得你快些滚。"谢诗叉着腰，横眉冷眼。

马尾，微微隆起的胸脯，白色素T，格仔裙，帆布鞋。

沈星有那么一刹那愣神，继而又嬉皮笑脸起来，"我还说把你介绍给林峥呢，真的是……"

"你说真的？"谢诗抢着问道。

沈星忽然哈哈大笑："你还真的喜欢林峥哪，放心放心，怎么说也是从小一起长大的，这忙肯定帮。"

谢诗羞赧，转身就跑。

沈星站在院子门口，紧紧书包，看着谢诗离开的样子，又陷入了愣神阶段。

夕阳下，玲珑少年眉眼成星。

5

谢诗觉得她要爆炸了。

沈星居然给林峥说她小时候的糗事，再说她小时候的糗事哪样不是因为沈星啊？

一回到家，谢诗就觉得再也按捺不住手中的西瓜刀了。

她气呼呼地准备出门。

"诗诗啊，来帮妈妈择菜。"谢妈妈的声音传来。

她权衡再三，觉得还是帮妈妈择菜重要一点儿。

毕竟明天又到了领零花钱的日子。

只是终究是自己的娃，择着择着，谢妈妈问道："谁惹你不开心了？"

谢诗一惊，这里面还牵扯到个林峥呢，可不能随意告状，慌忙摇摇头展颜一笑。

谢妈妈有些惊奇，她心里多少猜出与沈星有关。

第一次没有咬牙切齿地说沈星。

"妈，沈伯伯他们一家是不是要搬家了啊？"谢诗问道。

"对啊，你沈伯伯调去西安了呀。"

"哦。"

……

夜里，谢诗躺在床上对着窗口发呆。

不是每一个窗口外面都是一轮明月的。

就这样半睡半醒蒙蒙眬眬中迎来晨光熹微。

晚饭时间。

谢诗和林峥、沈星坐在一起，面红耳赤。

当然她有足够的理由相信，她要不是受不了沈星这家伙的挤眉弄眼，今天绝对是可以载入她少女心的明媚历史的。

"我跟你说，这可是我妹妹，我们从小一起长大的。你小子不给我照看好了，看我不弄死你。"

沈星一手揽着谢诗一手揽着林峥说道。

"那……这个……谁……谁是你妹妹了？"

谢诗在心上人面前还是比较害羞的。

这点沈星也看得出来，要不是有林峥在这里，他有一万三千多个理由相信谢诗会暴走。

果然姑娘还真是一种神奇的生物。

林峥微笑道："我知道你。谢诗，你的文章不是经常被校报刊登吗？"

噗，噗，噗……

谢诗的心里仿佛是笑着绽开了无数的花朵。

三人说说笑笑吃了饭。

说是吃饭，实际上就是沈星的单口相声，而谢诗属于来看帅哥的，林峥才是属于来吃饭的。

多有爱的场面！

6

沈星在一周之后还是走了，夜里的飞机。

这让谢诗有点惋惜和庆幸。

她还以为会来个十分文艺煽情的分别呢，但一想到沈星那嘴脸，还是算了。

对着这家伙就别想煽情，打一架还有可能。

初初离开的时候，谢诗还是有点不适应。

比如在回家的路上有点无聊。

比如在周末有点无聊。

比如在家里看碟片的时候有点无聊。

后来她总结出一个理论：原来沈星对于她的意义就在于不让她无聊。

毕竟他长得……

算了朋友贵在交心，不能以貌取人。

但是这段时间持续很短，因为林峥闯入了谢诗的生活。

他会在打篮球的时候主动向路过的谢诗打招呼。

他开始主动约谢诗去自习室。

他开始跟谢诗讲一些女生追他的困扰。

林峥适时地填满了沈星走后的空缺，开始主动地朝谢诗靠近。

谢诗本来对这些事情不感兴趣，但因为林峥，她就觉得挺有意思的。

有得就有失。

本来就是那些刚刚经历了青春期的"小猪们"开始看"水灵白菜"的时候。

谢诗模样不差，自然从很久以前就开始收到各种美好而惴惴不安的誓言，这一切都被林峥的出现终结了。

毕竟以前和谢诗形影不离的是沈星那种吊儿郎当的小流氓。

那个时候那些男生拿自己和沈星一比较：市场大大的有！

沈星转校过后林峥的出现就让这群人很焦灼。

那些男生觉得自己和林峥一比较：呃……你们一定要幸福啊。

转眼就要高三，这是一个度年如秒的学期。

就比如明明昨天还在百日誓师大会，但是第二天好像就在临考自习了。

"谢诗，昨儿阿星给我打了电话了。"林峥笑着说道。

"嗯？"谢诗一愣，"他没给我打呀，他说什么了？"

林峥摇摇头："还是问我们在一起没有，问完随便扯了两句就挂了，他也高三，比较忙。"

谢诗眉毛挑了挑。

这个神经病一年给她打了三次电话。

第一次是刚走第二周，问她和林峥在一起没有。顺便问了问当初他的小电影光盘是不是她偷偷藏了一张。

谢诗：……

第二次是新年，问她和林峥在一起没有。顺便问了问她有没有去当尼姑的念想。

谢诗：……

第三次是上个月，问她和林峥在一起没有。顺便问了问她有没有看过情色版的《加勒比海盗》。

谢诗：……

她每次做完复习题想起沈星的时候……都有一种为什么自己会有这种谜之脑洞的发小儿的无力感。

莫道时光如钟摆，悠悠青涩，黄发如大海。

7

越临近毕业分开越容易出现两种现象。

一种是小情侣急着分手。

一种是互相爱慕的痴男怨女急着表白。

谢诗幻想了很多自己接到林峥表白时的场景。

比如捧着一杯奶茶忽然笑着说："要不做我姑娘吧？"

或者在自己问完他数学题后他突兀地说道："让我给你讲一辈子题好吗？"

甚至来个全班起哄自己半推半就地和他确定关系。

但是有句话叫作希望越大失望越大，这句话是无数勇者通过各种惩罚得到的结论。

那天在高考后第二天班级聚餐。

谢诗第一次喝得醉醺醺的，林峥也在自己的班级聚餐。

谢诗给林峥打电话："喂……喂……喂……嗷呜……"

一个温婉文静的小姑娘忽然狼嚎是很有视觉听觉冲击力的。

电话那边的人就差点把手机丢到了地上，谢诗变成狼人了？

"我……我……们……在一起吧……一起去一个大……大学……"谢诗大着舌头道。

那边的人愣了一下，这……这开场白还真是……

简单粗暴啊。

"你在……哪里？"听筒里同样传出了一个大舌头声音。

谢诗报了个地址，然后……然后她就断片儿了。

她醒来的时候，发现在一个人的背上。

谢诗脑子里迅速闪过一系列关于少女出事的报道。她眨眨眼睛，直接一口咬在林峥的肩膀上。

"啊！"一声惨叫。

当林峥转头，这个莫名其妙咬了他一口的姑娘，居然又睡着了……

林峥一阵无奈，姐你至少松口再睡啊。

8

谢诗第二天醒来的时候，是在自己的房间里。

除了微微头疼和断片儿之后的无力感，她努力回忆昨天自己到底做了啥。

谢妈妈推门进来，阴着脸。

谢诗想要逃跑，完了得挨骂了。谢妈妈端着一碗稀饭，递给谢诗。

世上果然还是妈妈好，有妈的孩子像块……

"昨晚送你回来那个男孩子是你男朋友？"谢诗还没感恩完，谢妈妈甩出这么一句话来。

噗……一口鲜血，不，一口稀饭喷出来。

谢妈妈手忙脚乱找纸巾，埋怨道："你这孩子……"

谢妈妈递了个"小丫头你嫩着呢"的眼神，然后出了房间。

谢诗掏出手机，因为她真的不知道谁把她送回来的……

不过这话说出来自己可能得挨揍。

这个人生啊，就是来拼演技的。

只见林峥的短信："虽然我决定和你去一个大学，但是你也不至于咬我吧？"

谢诗使劲眨了眨眼睛。

这条二十来字的短信她看了十六分钟。

在一起了？

我还咬了他？

昨晚他怎么找到我的？

……

未解之谜还真是有点多。

不过林峥的来电还是让她精神一振。

算了，反正结果还是没有出乎她的意料。

在她和林峥成为情侣的第六天，谢诗接到了一个电话。

来电显示上"星狗子"三个字分外耀眼。

"小丫头，大爷我杀回来了！"

沈星回来了？

电话那头的沈星似乎是有点疲惫又有点兴奋。

"你回来干什么？"谢诗脱口而出。

沈星觉得这姐们儿两年不见补刀技术……不……开团技术见长啊。

"你这话让我没法接。"沈星拖着个箱子背着背包，在机场大巴的站台思考一个问题：自己是不是小时候给这姑娘留下的心理阴影太多了？

一个半小时后。

沈星站在谢诗面前微笑。

谢诗满脸错愕，这……这……他是怎么长这么高的？

不过一看这哥们儿脸上的痘印和熟悉的笑容，还是很开心。

沈星笑着说道："你这是啥表情？"

谢诗眨巴眨巴眼睛，"你塞了多少鞋垫？"

沈星一愣，忽然一屁股坐到地上，直接就把鞋脱了。

"Look！并没有，我只是发育得晚好吧？"

谢诗一脸抽搐，看着这么大个子的男人说坐下就坐下说脱鞋就脱鞋的行为方式，悲从中来！

"你咋回来了？"谢诗笑着问道。

所谓阳光正好……去你的到底是谁发明这个词的？

你来试试？

所以当两人汗流浃背地出现在市中心一家麦当劳的时候，都有着不想离开的心思。

"晚上去你家蹭饭吃。"沈星说道。

"我妈一直念叨你。"谢诗满脸笑意，在沈星面前，她永远不用维持什么形象。

什么形象他没见过？

嗯，他知道得太多了。

9

"来来来，小星，多吃点。"谢诗看着沈星碗中冒尖如小山的菜，她就怀疑自己到底是不是亲生的。

"谢谢阿姨。"沈星谦逊有礼，看得谢诗一阵错愕，这种样子的沈星……还真是……无法言表啊。

"跟阿姨客气个啥，回来睡我们家客房就好。"谢妈妈还是很热情，谢爸爸也笑眯眯地和沈星聊天。

"对了，我这次回来就是……"话音未完，谢诗的手机响起，打断了沈星，而屏幕上一个心形符号闪啊闪的。

沈星瞳孔一阵收缩，而谢诗起身去接电话。

"林峥说晚上一起吃饭。"谢诗眼睛有点躲闪地说道。

沈星倚在椅子上，手指在桌子上有规律地敲啊敲，轻轻点头。

吃完饭后。

谢诗问道："下午你准备干吗？"

沈星歪了歪脑袋，忽然一脸怪笑地说道："我们看电影吧。"

谢诗翻了一个白眼，怒从心中起。

这家伙是千里迢迢准备回来暴毙的吗？

于是他们一起找光盘，终于找着了一张，是《东成西就》。

谢诗窝在沙发里，沈星把脚翘在自己的行李箱上。

"啥时候和林峥在一起的啊？"沈星盯着电视，笑着问道。

谢诗"嗯"了一声，然后反应过来，说道："刚在一起六天。"

沈星的脸色一暗，轻声问道："高考后第二天？"

谢诗奇怪地问道："你怎么知道？"

沈星站起身来，"我出去开房，顺便去找找以前的哥们儿，吃饭的时候给我打电话。"

谢诗点点头，继而又说道："我家里能睡下啊。"

沈星看了一眼谢诗，然后笑着开口："算了，我怕你晚上打呼我睡不着。"他躲开谢诗扔过来的抱枕，继续说道："你这样会嫁不出的！"

谢诗暴走，"要你管！"

沈星嘿嘿笑了一下，拖着行李箱往外走，走出门他停了一下，掏出手机把通话记录删除了。

"我就知道是她打错了。"沈星喃喃自语，便继续往前走。

10

晚上，三人嬉笑聊天气氛极为热烈。

谢诗觉得有点丢人，喝多了的沈星完全就是这天底下第一恐怖分子。

而且你唱就唱吧，你唱《忐忑》这种歌都能唱成Rap的感觉？

林峥在一旁满脸微笑，相比较之下，谢诗庆幸自己是林峥女朋友。

酒足饭饱。

"林峥，我跟你说，这可……可是老子……妹妹，你敢……欺负他……我……就……就就……"

沈星一边揽着谢诗一边揽着林峥，"就就就"个没完。

"就啥？"林峥反过来轻轻越过中间的沈星握住谢诗的手，笑着问道。

"就……"沈星一愣，然后斩钉截铁，"就哭给你看！"

林峥满脸错愕，谢诗哈哈大笑："我不认识他，真的。"

这丢人玩意儿。

沈星这两天和其他同学一起聚餐叙旧，然后准备离开。

走的时候林峥去送他，倒是他不让谢诗去。

"下次再回来，可能就是你俩结婚了。"沈星坐在机场大厅，摆弄着自己的身份证，忽然又冒了一句，"我居然都没去网吧堂堂正正地上次网，太亏了。"

林峥笑笑："上次怎么会是你给我打电话的呢？我说高考第二天。"沈星说道："她喝多了可能想给你打电话打到我这里来了，这丫头迷迷糊糊的。"

临近登机。

沈星笑着说道："对了，真要对谢诗好，那丫头没谈过恋爱，何况喜欢你这么久。"

林峥点点头，"嗯，我有数，她受委屈了你来揍我就是。"

飞机轰鸣，音波烧心。

两个少年像两个男人一样，潇洒分别。

11

谢诗觉得自己真的是有些命不好。

就比如和林峥约好的大学自己落榜了，他却考上了。

虽然大学还在同一个城市。

她开始很不理解那些城市规划师为什么要把这个城市设计得这么大，这就好比她同样不能理解为什么沈星会选择去内蒙古学蜂学！

蜜蜂大王沈星？

这个娃的梦想……还真是奇怪啊……

她有种在一个城市谈异地恋的感觉，好在林峥尽到了男朋友的职责，每周都主动来找她，经常打电话。

周末就是两人难得的温情时间。

虽然这个时间过得格外快。

谢爸爸给的生活费还是很高的，谢诗又不是很虚荣的姑娘。

林峥虽然家里给的钱不多，但平时也主动接兼职，所以两人其实还是很宽裕的。

谢诗偶尔也主动给沈星电话，结果那小子不是信号不好就是话筒里透着风。

不是在徒搭旅行就是不知道在干什么活动，反正他的社交软件也很久不更新了。

他不是去读大学了吗？读大学读成这种野人了？

每每两人聊起沈星，林峥都哈哈一笑："他天生定不下来的。"

一般这个时候，谢诗就白一眼林峥："你呢？"

林峥就一把揽过谢诗，一脸诚恳："你要我定下来我就定下来。"

谢诗轻轻靠在林峥的肩头。

这日子还真是美好啊。

当然，不包括城市规划面积大小。

12

谢诗和林峥一直很稳定，终于到了见家长的时候。

林峥的爸爸妈妈都是老师，对谢诗的印象很好。

多乖巧的女娃娃啊，不做作不矫情。

而林峥第一次到谢诗家的时候。

谢妈妈大吼一声："哒。"

谢诗吓了一大跳，妈，你这是啥反应啊！

"你是不是就是当初高考之后送小诗回来那个后生？"

谢诗一愣，努力回忆，倒是林峥点点头，说道："对的，阿姨。"

谢妈妈将林峥领进来，很是热情，倒是谢爸爸有些冷淡。

林峥离开以后，谢诗有些不乐意地发牢骚。

来到自己女朋友家却受到了女朋友爸爸很明显的冷淡接待，林峥不高兴，谢诗自然也不开心。

谢妈妈安抚着女儿，"这有啥，没有哪个爸爸会乐意自己女儿嫁人的。"

谢诗笑了一下没有说话。

"何况你爸爸喜欢小星你又不是不知道，他就喜欢那种虎头虎脑的男孩子，这个小林书生气太重了。"谢妈妈看到谢诗笑了，继续说道。

谢诗拨通了沈星的电话，嘟嘟嘟三声过后，沈星的声音传了过来。

"小丫头，你咋了？"他那边好像还是信号不好。

这哥们儿到底是在过着什么样的大学生活啊。荒郊野外吗？

"没啥，就忽然很想和你聊聊天，我妈今天又说起你了。"谢诗轻声开口。

那边沈星啊啊啊的，然后就挂了！就挂了！就！挂！了！

接着谢诗收到一封短信，"我这边信号不好，我在一个风景区徒步呢！"

谢诗无奈，回了个"哦"。

然后在谢诗准备上床睡觉的时候，她又收到了一条短信。

"丫头，你是不是受什么委屈了？"

"没有。"

"丫头，有些话不好说，你放心，谁欺负了你你就去找林峥，林峥不帮你我帮你。"

谢诗本来觉得有些压抑的心情就随着这一条短信暖起来。

13

大势所趋过后，两人终于还是在毕业一年后开始准备结婚。

林峥很争气，拿到的Offer是比较让人羡慕的。

"小诗，你还在想那个问题吗？"出租屋内，林峥笑着问道。

"我觉得我必须要面对这个问题。"谢诗看着爱人，有气无力。

"我不是说过了吗？立住脚后随时都可以回去，小城市怎么会有好的发展。"林峥看着一本职场书，然后看看准备今晚画的PPT，没有半分不耐烦的感觉。

"但现在我们离爸妈也太远了。"谢诗小声嘟囔着。

"难道你不相信我？"林峥转过头来，俊俏的面孔上平静如水。

"不是不相信你，只是我真的想回去，我们回去过后也不一定就过得不好啊。"谢诗抬起头来。

然后他们就吵架了。

林峥是一个很理智的人，长久理智的人所爆发的压抑可是会很大的。这一点他们彼此都没有想到。

直到那个耳光印在谢诗的脸上分外明显，房间才安静了下来。

无数血与泪的事实告诉我们：当一个男人对女人动手的时候，这个男人肯定错了。

于是谢诗像韩剧女主角一样扭头就走。

于是林峥像韩剧男主角一样去追。

但是一个姑娘到底是不是真的愿意让你追上，还是要看她的想法。

就比如林峥一出门哪还有谢诗的影子。

谢诗走在这个城市街头，莫名觉得整个城市的霓虹都闪烁着讨厌的光芒。这下就不只是当初怨恨城市规划面积的事情了。

她想打电话，想倾诉，一摸兜，手机还在。

林峥并没有来电。

想来他还没有想起这事。

谢诗想了想，正准备给远在不知道多少公里外的野人打电话。

没想到那个野人居然很戏剧化地发来一条短信："小丫头，哥要结婚了！你来不？"

……

谢诗愣了愣，第一次有了爆粗口的冲动。

原来，全世界都不准备要她了。

"肯定来啊，在哪里？啥时候？你瞒得倒稳，我都不知道你什么时候谈的恋爱。"

短信刚发出去，沈星的电话就来了。电话那边能感觉出他喝得不少。

"我跟你讲，小丫头，我妈介绍那个姑娘长得好像你，我想都没想就答应了。嘿嘿嘿……"

沈星语速很快，像单口相声一样，信号终于变好了。

"嗯……"谢诗就应了一声，沈星忽然就语气不对地打断她，"你哭了？"

"没有，没有，我只是听到你要结婚了高兴……"谢诗迅速调整心情，猛地深呼吸，抹去泪花。

"真的？"沈星半信半疑。

"嗯，我就问问你具体啥时候？"谢诗笑着说道。

"一周后吧。我还是希望你来的，对了，林峥那傻犊子呢？"

"他在家里，我出来散散步。"这个时候，林峥的电话像加特林机枪一样打了过来。

谢诗不厌其烦地挂掉林峥的电话，但这个时候沈星也没有说话。

"谢诗。"沈星忽然不叫她丫头，很严肃。

"嗯？"谢诗继续按挂断，姿势有点怪异。

"我喜欢吃芒果，芒果派不行，芒果汁不行，芒果冰激凌不行。"沈星一本正经，丝毫听不出酒意。

"我……"这个时候谢诗把电话离开耳边，继续挂断。

"你刚说什么我没听见！"谢诗笑着说道，心里把林峥诅咒了十万多次。

"唉……"沈星叹了口气，"算了，记得来参加婚礼啊，我爸说回去要把你爸妈都叫上。"

"放心，咱俩谁跟谁啊。"谢诗应道。

"以后你受欺负了就去找林峥，我就先守着我姑娘了。"沈星又说道。

"你别整这苦情，不适合你，都二十四五的人了。"谢诗打趣道。

"嗯，以后就不说了，对了谢诗，你知道我最高兴的是什么时候吗？"沈星又变得油腔滑调。

"管你？看小电影的时候吧。"谢诗道。

"我在你眼中就这点出息？"沈星不乐意地在那边咆哮，这能不能好好聊天了？哥们儿不看那玩意儿好多年了好吗？

"是高考第二天晚上的时候。"沈星猛地甩出一句话就挂了电话。

谢诗叹息，这哥们儿还学会吊人胃口了？

14

谢诗一扭头，看到林峥站在身后，却不再面带微笑。

那个画里走出来的玲珑少年依旧俊俏，但看着怎么就那么陌生呢？

谢诗跟着林峥回去了。

两人五年来第一次吵架闹别扭，第一次坐下来冷静地面对面。

"你……你真的想回去？"林峥的声音像是在颤抖。

"阿铮，我知道你拿到那公司的Offer不容易……"谢诗平静了许多，轻声开口。

"我这几年这么拼，现在好像能看到希望了，你让我放弃？"林峥声音不再颤抖，却让谢诗有了陌生感。

那晚上，林峥喋喋不休地讲，讲了很多很多，这样的林峥让谢诗极为害怕。

"分房睡吧。"末了林峥说道，然后去了客房。

谢诗窝在沙发里，翻着手机照片。

她和林峥的合影很少，大多时候都是她的自拍，偶尔的拍照都是在图书馆或者自习室。

回想起上一次两人约会，原来已经是一年前了。

谢诗打开电脑，想找部电影看，忽然停在重新上映的《大话西游》上。

"喜欢一个人需要理由吗？需要吗？不需要吗？需要吗？"

"——我很仰慕你。

——仰慕？

——岂止是仰慕，简直是害怕失去你！"

"你看那个人，好像一条狗哎。"

……

直到卢冠廷的歌声响起，谢诗都没有笑一下，这片子什么时候变得不好笑了？

这个时候，她脑子里都是沈星的眼睛在跳啊跳的，像一部默片，将小时候和现在重叠起来。

她拿起手机，给林峥发了条短信："沈星要结婚了。下周，能陪我去吗？"

半小时后，她忽然收到短信："你自己去就行了，下周我要出差。"

谢诗看着短信，忽然笑起来，笑着笑着就哭了。

第二天谢诗坐上了回去的飞机，林峥只淡淡看了她一眼，说声"万事要小心"就去了公司。

直到临近沈星婚礼都没有发来一条消息。

15

婚礼那天。

沈星笑得很开心，因为他看见容光焕发的谢诗。

而谢诗也很愕然，新娘确实和她长得很像。

轮到新婚夫妇敬他们这桌酒的时候。

谢爸爸乐呵呵地说道："你小子，那么多年都没有再回来看看，不地道。"

沈星抓抓头，他现在已经有点醉意，名叫袁纯的新娘倒是很大方，直接敬酒。

当然不是凉水。

有些桌喝凉水，有些桌喝酒，这点规矩还是要有的。

敬完准备离开的时候，袁纯忽然走到谢诗面前："谢诗？"

谢诗笑着点点头。

袁纯看了沈星一眼，欲言又止，最后只说了一句："谢谢你能来。"

谢诗有点吃惊，这有啥好谢的？

袁纯笑靥如花，没有再说话。

沈星是真喝多了，本来说好的闹洞房也就算了。

谢诗正准备和以前院子里的发小儿离开的时候，袁纯叫住了她。

"你知道吗？沈星有一次喝多了一直叫你名字，那个时候我们还不是男女朋友。"

"后来我去问他，他不肯说，我就说要去问他爸妈，他就说了。"

"我问你是他的什么，他笑着说是发小儿，小时候他欺负最多的人。"

谢诗笑笑，听袁纯说话。

"我知道他喜欢你，喜欢你很多年，但是这是一条食物链啊，我喜欢他。"

袁纯这句话让谢诗忽然觉得心里有些不舒坦。

其实大家都知道的。

"他求婚那天告诉我，他会把你忘掉，然后用尽所有力气和我在一起。"

"其实，我看到你的模样的时候，就知道他这辈子也不可能忘掉你了。"

谢诗觉得眼眶有什么东西在打转，一定是喝多了。

袁纯还穿着新娘服，不是婚纱，她点着一根烟，画面极具冲击力。

"但我相信他。他说你有人保护了，是叫林峥吧，你不需要他了，他不能让你难做。"

"谢诗，其实我挺羡慕你的。真的，那天他主动说要给你打个电话，我就在担心。"

"因为我知道，你如果过得不好，他绝对不会要我，绝对！"

谢诗听不下去了，她小声道："抱歉。"

谢诗出门后，坐上了出租车，给林峥打电话，关机。

再打，还是关机。

一小时过后，谢诗发过去一条短信："我们分手吧。"

林峥秒回："成。"

她倚靠在家里，又看起很久都没碰的老光盘，还是《大话西游》。

一侧头，似乎看到沈星就在身旁，她像是抽离了所有的力气。

16

沈星办完婚礼就离开了，又回了陕西。

从开始到后来都没有约见谢诗。

半年后。

谢诗有一天在微博乱翻。

赫然翻到沈星很久很久之前发的微博，配图是高三那次他回来。

有林峥，有喝醉的他，还有拍照的自己。

而配文是：

我喜欢吃芒果，芒果汁不行，芒果派不行，芒果冰激淋不行。

我喜欢你，长得像你不行，脾气像你不行，习惯像你不行。

不是你不行。

谢诗一愣，像是想起了什么，然后点了个赞，最后泪流满面。

单着怎么过？
扯着嗓子吼着歌未必不快活

是不是一个人的生活比两个人更快活？

1

小建，我大学同学，从没谈过恋爱。

寝室身边朋友鲜少有这种经历的。这年头没冲过动的人，简直比国宝还珍贵。

有一次我和他夜跑。

那时候我刚和女朋友分手。

重归单身的自由还是很让人欣喜的。

"小建啊，你咋不谈恋爱呢？"我气喘吁吁地问。

"跑步的时候别说话。"他气喘吁吁。

事实证明，跑步的时候真不能说话，因为容易岔气。

所以我们是走回去的。

路上我重提这个话题。

他抓抓脑袋，说道："这不没遇到合适的人么。"

我撇撇嘴，"你就是自己丑还嫌别人长得丑。"

他嘿嘿一笑，说道："不谈恋爱我现在照样过得很好啊。"

我一愣，夜灯下他的笑容显得特别真实。

"一直一个人也有点寂寞吧？"

"我从来不觉得一个人寂寞，困了就能早点睡，饿了就多吃点。而且我才二十出头，那么着急干吗？合适的人总有，你以前不也说过单身一辈子挺难的吗？"

"我是说过，但是你就没想过多见识点姑娘？"

"我又不是鸭子，见识那么多姑娘干吗，而且爽子，我觉得有句话说得特别好。"

"什么话？"

"寂寞就是没正事做闲得慌。"

我脚步一滞，想想他平时井井有条的安排，似乎懂得了什么很了不起的东西。

2

我表姐28岁前一直单身，把她爸妈气得够呛。

但照我看来，她当兵出身，长得有些胖，脾气还不好，单身是应该的。

直到忽然有天她爸妈叫我去达州，说姐恋爱了让我去瞅瞅那小伙子。

有吃有喝我肯定很开心。

姐夫挺帅，一米八几，因为是特警队长，孔武有力。

我就不能理解了，他到底看上我姐哪点了？

俩人走在一起，一高一矮，一胖一瘦。

我在后面观察，脸是抽搐的。

一天我在达州体育馆看他们训练，姐夫是教官，姐是学员。

2000米的负重半程冲刺项目测试。

很多男学员都甚难坚持，跑到最后像个死狗一样。

我姐是唯一一个坚持下来的女学员，虽然一共只有七个女学员。

我斜睨着姐夫，他满眼都是宠爱。

想起他之前请我吃宵夜的时候说的那句："我喜欢她性格，好强。"

忽然记起姐姐的口头禅："别人能做到的，我凭什么不能做到？！"

在部队在地方在家里都是什么都能做，什么都愿意去收拾去学习去拼。

姐姐29岁嫁给了姐夫，俩人现在孩子两岁多了，一直很恩爱。

姐姐的初恋就是姐夫，现在这一对在我们家是教育后辈的典范。

按我妈教育我表哥的说法："你现在一个人都照顾不好自己，还想着去祸害人家小姑娘？"

我完全无言以对。

3

我常常在后台听小弟们各种吐槽自己对象的不是。

所以我内心常常处于神兽奔腾的情况。

"那你分啊"，这个回复有段时间比我打"你大爷"还打得熟悉。

接着就又听到了各种理由。

直到我发了微信朋友圈，"我是直男，找我解决感情问题不如给我打点钱"。

然后就少了不少。

但是自己的微信公众号不回复又不礼貌，所以这一度成为最大的困扰。

后来我看了一个小弟给我留了一段话，忽然觉得很是受用。

大意是单身的时候羡慕恋爱的时候，恋爱的时候就会想到单身的时候。

大概和我们隔着朋友圈互相羡慕对方的生活是一样的。

后来偶然读到一本文摘，里面有句话："一个人生活简单平静，两个人生活反而问题频发，如果不是为了生理需要，我想大多数人会选择和同性玩耍。"

我拍案叫绝，然后拿给一朋友看。

他说了一句话："我觉得还是姑娘对我吸引力大一些。"

然后我呆若木鸡无力反驳。

这大概是为什么那么多人前赴后继自寻烦恼了。

4

我弟家的门卫大爷是个奇人。

因为有一次我听见他唱周杰伦的《双截棍》。

当时我的表情诧异至极。

灰色布衣，深色裤子，手上拿着那种老式的放磁带的录音机，摇头晃脑。

我对他很好奇，然后就嬉皮笑脸上去搭讪。

老大爷兴致挺高，而且他告诉我他现在是单身。

这两个字从一个满头白发的老人嘴里说出来总觉得好抽象。

"大爷你就不想有个老伴？"

"老伴？现在挺好，子女也孝顺，我这工作都是我主动要求社区安排的，闲不住。"

这个小区保安不少，门卫大爷其实很轻松。

"您老心态真好。"

"我高兴着呢，以前和老婆子一起住她老说我疯疯癫癫的，现在开心得多。"

我哈哈一笑没有发表议论，想来这种事当事者能说外人不能说。

"除了现在要自己做饭，我做饭还是不怎么好吃。"他咂咂嘴，说道。

"她陪着我我觉得窝心，和她分开我也不觉得烦心，老都老了要高兴一点儿才好。"

我嘟着嘴，半晌后眉头舒展，"您老是个实在人。"

5

我在山顶球场偶尔也打乒乓球，有一段时间天天打。

有一个老太太六十多岁，满头白发，随时都笑眯眯的。

最主要的是，他天天准时上山来打球，很少间断。

更关键的是我打不过她，这让我感到非常屈辱。

打得多了也说说话。只言片语我倒是觉得这老太太简直可以称得上我的女神。

"老头子走得早，儿子在德阳，三十多岁了还没结婚。"

当这几个字平淡无奇地从老太太慈祥的嘴里说出来的时候，我一度觉得她很痛苦。

有时候天色晚了我和她一起下山，她就住学校教职员工楼。

"奶奶你身体真好，我奶奶平时就爬爬山，说起来比你小两岁，身体没你好。"

她总是笑笑，顺路再捡捡路边的空水瓶子积少成多卖废品。

"多打点球就是了。"

"平时不打球也去爬山啥的？"我问道。

"不啊，我就喜欢打乒乓球，没人和我打我就等一会儿，没人就回去，有人打就打。"她笑着说道。

我忽然想起之前打篮球似乎也看见她没有伴儿一起打乒乓球，她就笑着站在乒乓球桌边看隔壁的篮球场。

当时我觉得挺心酸的。

现在我觉得我就是傻，人根本就不像少年那样自寻烦恼。

和她分别，看着她离开的背影。

我回到寝室写下这篇文章，并说出自己的观点。

6

两个人的生活是锦上添花，但这世界上真的有人一个人也可以活得很快活。

我不祝你孤独终老。

我祝你一个人生活的时候：健康、自律、热爱、平安、洒脱。

一个爱自己的人，才懂得爱别人，才值得被生命拥抱。

就像我们也曾聊到夜深一样，请好好珍惜

有时候翻旧照片，看到一个个搞怪的表情和熟悉而又陌生的人，扭头一看，却又不是身边的人，那时候心里会觉得很奇怪。

直到有段时间，我忽然发现自己的通话记录新旧更迭，以前常常打电话的人好像很久都没有联系了。也是从那一刻开始，我开始明白翻到老照片那种奇怪的感觉是什么，是对那时的人的不舍和对时过境迁的无力。

1

前些日子和一个高中同学去看演唱会，末了我和他在街边吃烤串。

酒过三巡。

"也就和你长久不联系还能这样不尴尬。"他打了一个酒嗝。

"那可不，你高中喝多了的裸照可还在我电脑上放着呢！"我眯着眼。

他瞪了我一眼，没有说话。

"有时候我也挺想给你打个电话的，又不知道说啥。"我啃着一串鸡翅，"总想着见面喝酒畅快些。"

他很认真地点点头，"我知道，儿子和爸爸一般都不知道说啥。"

我满脸黑线道："滚！"

他哈哈大笑。

那天在自贡的街头，我和他勾肩搭背，我吐了一次才算清醒，扶着他找酒店。

"爽子，以后就算是过年过节群发短信也好，别忘了兄弟。"他忽然轻声说道。

我鼻子一酸，没有开口。

"就算是群发，看到你的消息我也高兴。"他一屁股坐在地上，絮絮叨叨。

我坐在他旁边点起烟，他一直嘟嘟囔囔："毕业一起……待在……待在成都，有你们，我踏实。你说读书那会儿你天天在……眼前打转，咋忽然就……就觉得好久不见了呢？"

我别过头去，让冷风把在眼眶里的东西吹回去。

谁又不是呢？

2

我在大学有一个师姐和我关系挺好，她大四实习回来只在学校待两天就准备回去。

我那天打了篮球哆哆嗦嗦去找她，冬天没有暖气的四川可是会让你冷成狗的。

我捧着一杯奶茶，看着大半年没见过面的她，听着她和男朋友的趣事，谈笑自若。

"爽子，你说这时间还真快，你大一的时候认识我，转眼就大三了，我都要走了。"她笑嘻嘻地瞅了我一眼，"我换过那么些男朋友，咋就没考虑过你呢？"

我正准备说话，她忙补充道："噢，可能因为我颜控吧。"

我瞟了她一眼，意思不言而喻：你简直"人间剧毒"。

她趴在河堤的栏杆上，说道："这次走，指不定这辈子见不见了。"

我抓抓头："婧姐，你这话咋说的，别整得这么多愁善感好不好？来，跟我一起念，我们江湖儿女，从来不怕别离。"

她微笑了一下，然后说道："昨天我寝室聚餐，好像还真是那么回事，一些人一段时间推心置腹过后杳无音讯。"

我忽然沉默不开腔，半晌后说道："有那么一段时间推心置腹就知足吧，陪你一辈子的是要和你领红本本的。"

婧姐看着学校大门，点点头喃喃道："可是我还是难过啊。"

我顺着她的目光看着刻着校名的校门，想起第一次来学校的时候看到校门的情景。

好一个历历在目啊。

3

前两天在后台和一个读者瞎扯。

忽然又收到一条字数极多的留言，看得我一阵头疼，这里头有不少隐私，特别私密的那种。我寻思着要不我假装没看见好了，反正她觉得我是机器人，回了反而不合适。

然后和另一个读者谈起这茬，他笑着说道："我也这样，越熟反而越不能聊。把陌生人当作曾经的某某某，掏心掏肺。"

我愣了一下，努力想要反驳他。

无疾而终。

"为什么呢？"我问他。

"我知道的话就不会和你瞎扯了，新鲜感？陌生人带来的安全感？不知道，但我知道一点，你要和我好朋友吵起来，我肯定站他那边喷你个狗血淋头。"

我回了一圈点点点加一个笑哭的表情，失去了聊天的欲望，翻后台自己写的文章，发现点赞最多的，是那篇《在这钢铁城市里你孤单得像是一条狗》。

仔细一想，也许不是文章多出彩，而是这个标题戳中了很多人的心。

不只是单身的娃。

4

写到这里的时候我想起很烂大街的那段话，龙应台的《目送》："我慢慢地、慢慢地了解到，所谓父女母子一场，只不过意味着，你和他的缘分就是今生今世不断地在目送他的背影渐行渐远。你站立在小路的这一端，看着他逐渐消失在小路转弯的地方，而且，他用背影默默告诉你：不必追。"

龙应台送自己的儿子华安，满满地都是那些不舍和眷恋。可是现在看来，这个世界上又何止亲情是这样的呢？

那些一起共过事的同事，一边相互鼓励一边偷偷骂老板。

那些一起同过窗的同学，一边相互拆台一边连上个厕所都形影不离。

那些相见恨晚的朋友，那些彻夜长谈的姐们儿，那些边喝酒边看球的兄弟。

太多了。

这样的人一个又一个出现然后陪伴你一段时间又转身离开，轻轻抽离，直到后来我们甚至去把心里话说给陌生人的时候，才会偶然想起是因为这个陌生人有着曾经自己的模样。

我一直觉得自己是潇洒如风的追风少年，觉得别离是一件很矫情的事情，觉得挥一挥衣袖道声珍重然后渐行渐远渐无疑是一种很酷的性格，但时时想起，也会唏嘘不已啊。

5

曾经陪着我的那些友人、情人，甚至仇人，我都感谢上天曾给我们这样一段美好的时光。

以后可能见面甚少聊天寥寥，我愿祝你健康、快乐、坦然、顺利。

祝愿你生活少烦心。

祝愿你遇到的每一个会陪伴你一段时间的人，夜夜长聊舍不得睡去。

就像我们也曾聊到夜深一样，请好好珍惜。

你怎么觉得我会一直爱你呢

　　三水师姐就要结婚了，晒出了结婚证，我满是感慨地点了赞，又在一片恭喜声中打出"恭喜恭喜"四个字。

　　点开大图，结婚证上的名字很陌生，再翻到合照，三水师姐靠在一个我并不认识的男生身边，笑靥如花，眼神中是满满的柔软和对未来生活的憧憬。

　　结婚证的照片鲜少有不开心的，一想到身边的人有了一起白头的官方认证资格，或许每个人都在那一刹那会想要珍惜吧。

　　我点起烟，任由烟雾从肺里绕一圈，夹杂着对这个世界的厌恶，然后像每一份感情一样，就这样消失在内江不是很明媚的阳光之下。

1

　　因为名字是单字一个淼，所以三水师姐这四个字我喊了三年，她是我大一进校时候带我的师姐，还是我莫名其妙加入的第一个协会的会长。

　　三水师姐当初是超过一本线四十多分的人，算是这些年我们这个二本院校录取的第一高分，学化学的。她自我介绍的时候就说自己是炼金术士，后来我跟化工系一姑娘谈恋爱，也叫她炼金术士，估摸着就是对这个自黑小绰号实在是印象太深。

哪得那么多天作之合？

记得入学那几天我因为各种事情麻烦她不少，她确实是个很靠得住的人，找上她的事情她想方设法都要帮你完成，于是两周后我请她吃饭，她便带上了苏师兄。

三水师姐比苏师兄矮一头，苏师兄是美术系的。

苏师兄长得很帅，高高大大的，很爱笑，看他牙齿的洁白程度应该不吸烟。三水师姐在苏师兄身边反而显得有些不起眼。师范院校的男女比例差别很大，当然我所在的工程系是男生最多的，我说这个的意思是，从外表来看的话，苏师兄身边的女生不应该是如此普通的。

尽管我知道三水师姐很能干，但是客观地说，三水师姐的打扮还是比较老土的，而苏师兄的穿着倒是很有风格。

两人不搭。

当然这只是我的个人看法，也不可能说出来，向来在社交场合不怯场的我主动和师兄聊了起来，从NBA的球队到对新学校的看法甚至对于后门哪家小店味道不错都有说，意外地还算比较投缘。

"师兄，你和三水师姐谁追的谁？"我夹了一筷子韭黄肉丝，我实在没有想到为什么韭黄肉丝里会有那么多的生姜，我真的，很讨厌吃生姜。

"肯定是我啊，你师姐怎么看也不会是主动的人嘛，当时好像是一个社团活动，你师姐是个小干事，然后就不停地跟我们部门接触，就熟起来了。"苏师兄看了三水师姐一眼，乐呵呵地说道。

我点点头，表示……表示知道了。我只和三水师姐接触了几天，这方面也没涉及，怎么说，我见过不少看上去脑瞒但做出来的事情却是非常让人咋舌的娃。

当然，三水师姐给苏师兄夹一筷子菜也会给我夹一筷子，尽管他碗里是排骨我碗里是生姜，一定是她看错了。

2

和苏师兄认识以后我经常和他一起在山顶球场打篮球，那个时候我还是谈了一场恋爱，有自己的姑娘，黄昏时我坐上他的摩托车回寝室，各洗各澡各找各姑娘。

年少不知神仙事。

三水师姐是一个很有进取心的人，我在学校偶遇过她很多次，这应该不是缘分只是单纯地因为学校太小，每一次她怀里都抱着书和资料。

有一次我取笑苏师兄说："你看人三水师姐多爱学习，你个小纨绔，整天就知道吃喝玩乐。"

他不作声，我扭头见他眉头轻皱，似乎是刚好听到了戳心口的话语。我看场面不对，急忙改口："哥，人各有志，不能强求的。"他一下子哈哈大笑，一巴掌拍在我肩膀上："你的歪道理怎么这么多？"我苦着一张脸道："你怎么手上气力这么大？"

其实那天我意识到我可能说中了苏师兄心中什么柔弱的地方，一路上他没有像平时一样和我插科打诨，反倒是低垂着头默默走路也不知道在想什么。

我只得埋怨自己瞎说话不走心，但是谁能看出来苏师兄在意这个？

隔了几天苏师兄生日，他叫我去西林大桥桥头那家芒果KTV，我到的时候他和他们寝室里的一众狐朋狗友都喝得差不多了，一个个脸上都泛着光芒，我撇撇嘴，看着数量惊人的啤酒瓶子，暗暗吃惊这群爷们儿真的是很能喝。

我环视了一圈，大多我都见过面，一起打过球，有几个姑娘我不认识，想来是那个谁谁谁的媳妇儿。苏师兄寝室里那个人高马大的娃，我喊的熊哥是因为都这么喊，我也不知道真名叫啥，他像揽小鸡仔一样把我揽到身边来，不顾一脸悲愤的我，在我耳边叨叨。

音乐声太大，我没听清，当然他忽然打的那个嗝差点让我吐出来。

"我说，小苏和三水吵架了你得去……劝劝……"他提高了声音，又恰好是切了歌的安静，熊哥这声音就显得响亮而又突兀。

我闻言条件反射地寻找苏师兄，却没找到他。"吐去了……"不知道是谁冒了一句。

我站起身来，走过歪七倒八的酒瓶子，打开门，走过转角正看到苏师兄依靠着KTV走廊的墙壁上，半蹲半坐在地上。

他旁边一个穿着黑丝袜脚踩高跟戴着耳麦的漂亮服务员正满脸好奇地看着他。

3

我走过去，搓了搓手，笑着喊道："苏哥。"

他轻飘飘地瞅了我一眼，我看着他敞开的单衣外套露出来的白色T恤，问："你和三水师姐吵架了？"他点点头，说道："也没啥，她一直就不喜欢这种场所，我叫她来，她不来，我一急就吼了她两句。"我看着他不停地在打电话，但是对方没接，他就不停地按重拨，通讯录上那个心型符号跳啊跳啊，我琢磨这绝对是三水师姐，不然……这哥们儿还真是一个有套路的男人啊。

我歪着脑袋想了想，然后说道："她正在气头上呢，我来给她打吧。"

苏师兄愣了一下，眼神中带着喝多了标准的迷茫，隔了好一会儿才点点头。

我拨了过去，响了几声三水师姐就接起电话："喂？"

我说道："喂，师姐啊……苏师兄喝多了……"我故意顿了一下，果然那边平静如水的人一下子就有点急了："他咋了，不是叫你们少喝点吗？你叫他接电话。"我把手机递到苏师兄面前，说道："三水师姐叫你接电话。"

苏师兄脸上挂着小孩子赌气一样的神色，说道："不接，她让我接我就接？"

我只能继续说道："姐，苏师兄没法接。你快过来吧，喝得真挺多的。"

果然三水师姐一听都没法接电话了，马上说道："成，我马上过来。"

我一把把苏师兄搀起来，往门口的台阶那里拽，我只是害怕他吐大厅里太尴尬。

外面车来车往，在沱江河对面看这边璀璨的夜景，总觉得很美，身在其中却不觉得有那般好看了。我托着腮，和同样喝得半斤八两的熊哥以及苏师兄一起坐在KTV的台阶上，熊哥从兜里掏了半天，掏出来半包被压得很皱的软云烟，扔了一根给我，又开始在身上掏。

我叹口气，摸出打火机递给他，我盯着身边吞云吐雾的两个醉鬼，忽然觉得自己喝多也这样就有些恶心。

天下醉鬼一个样。

4

苏师兄开始絮叨他和三水师姐的事情。大抵都是他最开始给我讲的那些，他被夜风吹乱的刘海儿垂在前额，风衣的领子竖起，似乎要把自己锁在风衣之下。

我慢慢吞吐着烟，熊哥应该是意识都模糊了，他把头埋在膝盖上。

"爽子，我总觉得她不该对我这么上纲上线，我一直都觉得这个世界要饿死人难得很，为啥她就觉得这个世界总会让人落魄？"他忽然扭过头问道。

"可能……只是她有上进心吧？"我嘴角抽了抽，嗫嚅几分终于开口。

"上进，两个人在一起有什么好难的？非要以后有份人人敬仰的工作？拼了命把房子车子票子挣到？"他似乎对我的回答很不满。

我叹了口气，说道："师兄你也别这样说，我总觉得三水师姐挺能干的。你想，愿意认真念念书考点证很早就为自己将来打算的，总比那些在大学只想着韩剧化妆品和形形色色的男生调情的娘们儿强。"

他愣了一下，半晌后开口："是啊，我也觉得她不一样，不会打扮，但是也干净；不爱化妆，但看着也不让人觉得邋遢；喜欢看书，谈吐得体，多好的姑娘呀，不然我也不会喜欢她呀，嘿嘿嘿。"

谁能想到，一个前一分钟还严肃得像是经历过无数风浪的男人会在刹那间变得这般简单，大概男人天生也是演员吧。

酒是好东西呀好东西。

沉默了一会儿，我轻声道："哥，真喜欢三水师姐？"

他点点头："喜欢，特别喜欢。"

我也点点头："嗯。"

5

其实那天三水师姐就在背后听我们絮叨，末了才走上前来。我斜眼睨了一眼苏师兄，一副瘫软样，我努力想甄别他是真酒劲上来了还是怎样，看着三水师姐扛着苏师兄但脸上仍有丝丝嫌弃的模样，我其实心里挺难受的。

打那次过后，我发现苏师兄像是换了个人一样，不抽烟了，不喝酒了，想着法对三水师姐好。他的生活费其实也就是个大众水平，有几次还跟着我出去做兼职，他路子相对专业得多，只是内江这边的美术教育市场被中学里那些捞外快的美术老师瓜分垄断，让苏师兄很长一段时间都很廉价。

很多时候看他像打了鸡血一样的激情澎湃，我只有啧啧称奇："这家伙。"

其实心里还是高兴的，苏师兄的变化无疑会让三水师姐更高兴，因为从一个贪玩好耍游手好闲的男生变成一个努力上进的男生还是很需要毅力的。

但从来只是旁人以为。

情人节那天我和女朋友分手了，正满心都是郁闷两个字来补填的时候，我就看着苏师兄正提着一个礼物盒子从我身边经过。

"小爽，你在这干啥呢？思考人生？没去陪你姑娘？"他停下来说道。

"陪个锤子，分了……"我一脸苦笑。

"呃，好吧，我去找淼淼了。"他离开。

算了，回寝室打会儿游戏吧，真的是，一到孤身一人的时候就会觉得全世界都是情侣。

后来两学期一切风平浪静，我继续在逃课和点名里挣扎，每天热衷于吃饭，偶尔会出现陪伴一段时间的姑娘，也都不会矫情到看破红尘，该吃吃该喝喝，游戏里遇到脑残喷子也会悍然迎战，在睡觉前也会泡上一杯牛奶来安眠，也会认真洗脸试图拯救我烂到爆的皮肤。

不埋怨不做作，自己一个人的生活其实也真的挺安稳。

所以在这平淡如水的日子里，在图书馆我看到三水师姐和一个陌生男生分外亲昵的时候，就会显得挺好奇。

6

偶尔会在山顶球场遇到苏师兄，但是我素来和图书馆那种书卷气息太浓厚的地方不合，去得极少，一般阅读都是从网上买点感兴趣的书，或者直接就在手机上看了。那天我去图书馆找一本图鉴，一扭头就看见三水师姐和陌生男生正有说有笑地从我面前经过，那个男生的手揽在了三水师姐的肩膀上。

"三水师姐。"我小声叫道。她转过头来看见是我，眼里闪过一丝惊惶，片刻之后泰然自若，温婉笑道："你这样的娃也会来图书馆？"

我就不乐意了，说："什么叫我这样的娃？我也是有一颗爱学习的心好不好？"

这样的玩笑话倒是让氛围一下子从尴尬舒缓下来，她对着我笑着说道："那我先去二楼了哈。"

我点点头，看着他们上楼，那个男生的手始终在三水师姐的肩膀上，我叹口气，觉得有些时候学生时代的恋情起于不顾一切地追逐，偏偏止于年轻的随意。

可惜了。

第二天我在山顶遇到苏师兄，他一脸憔悴。

"你……昨晚大保健去了？"我拍着球，总觉得这篮球没啥气。

"瞎扯，这两天赶一个墙绘，累死我了，又睡不着，就想上来投投篮，话说你怎么一天到晚都在山顶打球？"他拍着小腿肚子，轻声问道。

"我？嘿嘿嘿，听不懂课。"我嬉皮笑脸，迅速转移话题，"你这能赚多少钱啊？"

他愣了一下："这不要毕业了吗？我想存点钱带淼淼去旅行。"

这下换我愣了，都不是傻子也不是反应慢半拍，我赫然觉得这句话加上前两天我看的情形，活脱脱又是一出狗血戏码。

那天下午打球的时候，我心里堵得慌，犹豫该不该当个瞎子，总觉得这些事情我不该去当这个恶人揭开这层帘子。

末了我和他一人一听可乐坐在乒乓球桌上发愣，我问道："毕了业准备干吗？"

苏师兄说道："争取有一份偏设计类的工作，接点带学生那种兼职，慢慢来吧。"我一笑："是要踏入社会的人了？"

他撇撇嘴，扬起头，任由黄昏的阳光洒在他棱角分明的脸上，一寸一寸都是青黄不接的稚嫩和坦然，"其实真得感谢淼淼，不是因为她，我可能也就浑浑噩噩过这大学几年了，也不会去找什么兼职，也不会去想考什么证。以前一见书就头昏，一进图书馆比安眠药还灵，我总想着，我该陪她，我总要改变自己懒散的模样，她才可能喜欢我久一点，更久一点。"

我没吭声，没想到我随意一句他居然丢出这么一大段话来，不至于热血沸腾，但愿意去改变自己的男人，总也有几分魅力。

"人本来适应能力就强，做习惯了也就懒散不起来了，只是这段时间亏了淼淼很少陪她，我想着带她往福建那边去一次，去看看海，不拿家里的钱去，拿自己辛苦攒的钱去，我可能更安心吧。"他的眼里有光，耀眼得就像和尚看见布达拉宫的经幡一样的光芒，虔诚而又自信。

我更纠结了，心里也对三水师姐的好感降到冰点。

我跳下桌子，说了声先走了，就埋头向前走去，临到下山的台阶的时候，我扭过头，那个男人穿着球衣抱着篮球坐在乒乓桌上，怔怔出神。

7

我给三水师姐发了个短信："这么好的男人你舍得这么伤害他？"

我是真有点替苏师兄不平，遂而反复思考之下我就发了这么一条短信，我向来不乐意管别人的事情，总觉得这种事不是一个大老爷们儿该做的。

大概有一个多小时吧，三水师姐回了句："你不知道，我也想说明白的。"

我一个电话就打了过去，她没接，我再打，她还是没接。

我室友看到我一副气急败坏的样子，小声问道："你饭卡又丢了？"我没好气地瞪了他一眼，轻声道："我这简直是耗子没抓到，狗都当不成了。"

我想了想就不想管了，可是想起苏师兄的样子就有点难受，翻来覆去一阵过后，我还是给他发了短信，说了这件事情。

发完我就把电话扔一边儿，呼呼大睡。

第二天我睡眼蒙眬地坐起来，洗漱穿衣准备去上课，临出门时，我瞥见苏师兄的短信，只有三个字："我知道。"

我登时就蒙了，这……绿帽子啊喂……你咋想的啊……我只觉得雷劈在自己的三观里，化成粉末，被风一吹，会迷了眼睛。

是真的真情至上，还是袖里藏刀？

后来我也没有再去八卦这件事情的结果，分分合合不都是人之常情吗，到底是不是良配也只有当事人知道。这年头没有那么多天作之合，谁不是在这些比狗血剧还扯淡的生活里变得百毒不侵？

8

苏师兄领了毕业证，要照学士毕业照的时候把我叫去了，说要和我吃顿饭。

"狗熊和工兵他们会和我在重庆聚，在学校除了数信我也没几个哥们儿，也就是你小子和我走得近一点。"苏师兄轻笑着开了一瓶啤酒递给我，我摇摇头，转头问老板要了一杯枸杞泡酒，二两半那种，我琢磨着喝两杯就了事，也不用半夜不停跑厕所，啤酒那玩意儿有时候特折磨人。

我和他东拉西扯了半天，终于还是把话题拉到三水师姐身上来了。

"那个时候我知道她和你们工程系那小子走得近。"苏师兄的语气里还有很压抑的怨气，"我总觉得，就像打败那些追求者是一个道理，我只要好好努力，她就看得见，毕竟我还是他正儿八经的男朋友。"

第一次开的那瓶啤酒他几下喝完，此刻和我一起喝泡酒，度数比一般白酒高一些。他说完这话，扯了扯身上的卫衣，还未到盛夏，四川的天气也是比较热的。然后一仰头，就是半杯下肚。

看得我有点不忍心。

他急忙夹了一筷子排骨压酒。

"你们啥时候分手的？"我问道。

"上个月吧，我还在实习的时候她说的，我这人有个习惯不先说分手，以前是因为男人这样会显得大度一点，对于她我是真的不愿意说分。但是她说我不管怎么努力，骨子里还都是那个懒散的模样。"苏师兄平静如水。

"这话……真狠。"我喃喃道。

"你说能不介意？我也就和你说说，爽子，你能明白当初我看见他们一起出入图书馆自习室，然后悄悄地等他们先过去的情形吗？不难受？呵呵。但是我能去把那男的打一顿，打两顿，打成骨折下半生生活不能自理？那样只会让淼淼更快地离开，更加看不起我。"苏师兄开始有点气急败坏，却越说越是平和。

我哑口无言，难道要让我说他不是个男人？就像他说的，上前一耳光把两个人打倒就是真爷们儿了？这不是路上遇到的流氓！

眼见苏师兄说话越来越大声，我看见邻桌的人都在往这看，我赶紧去把账结了，拉着他就走，不然打起来的概率可能比较大。

喝了酒的男人比疯狗都好斗。

<h1 style="text-align:center">9</h1>

我架着他往酒店走去，他早不住学校了，我心里发苦，等下又得翻寝室才能进去，大二那年我经常半夜两三点还往寝室跑，早就上了宿管阿姨的黑名单。

他"哇"的一下就吐了出来，刚刚那几杯泡酒他喝得太急了，闻着恶臭我都想吐，还是拍着他背不说话。

吐完了他点根烟坐在路边，我蹲在他旁边。

他不说话我也不好吭声，我琢磨着酒店就在前面，就准备开口叫他先去酒店，"苏……"

然后我就不开腔了。

他泪流满面，一滴一滴压抑了不知多久的泪水顺着他的脸颊流了下来，他没哭，只是流泪了。苏师兄大口大口地抽着烟，抽得自己都呛出声来，好一会儿他声音喑哑开口说道："以后怎么找得到这样一个让我爱的姑娘？我苏豪还是第一次觉得失去一个姑娘就像失去了好多好多一样，第一次觉得这几年变成空白了一样。"

他语速平稳，语气淡然，眼神清明。

我兴许看过了太多姑娘家失恋后的歇斯底里，但男人的伤口却很少去上心，但是男人和女人又有什么差别呢？谁说男人不能哭了？

那晚过后我继续念我的书打我的球写我的字等我的姑娘，再也没有见过苏师兄，倒是后来在学校遇到过三水师姐一次，不至于有仇，但总觉得这个姑娘确实让我心里有点不舒服的。

但我有什么资格来给她打分呢？

有一个男人曾经爱她那么深？但我并不知道三水师姐的爱有多久啊？

一个人出现陪伴另一个人，改变另一个人，最后没有成良缘的时候总是让人有些扼腕。常有人说，爱情里谁爱的多一点谁就输了，我一直嗤之以鼻，能称之为爱情的，从来就不管输赢，只有都赢了，只有都输了。

我看到苏师兄在三水师姐的结婚照下点了一个赞，没有留言。点进苏师兄的社交软件，大多都是转载的关于他的美术工作室的文章，想来也是很忙。

也只能耸耸肩啊，兴许他们彼此都会有好姻缘，这谁说得准呢？也没人会证明缺了谁就不能快乐啊。

10

就像那晚我掐掉烟头，我轻声道："哥，真喜欢三水姐？"

他点点头："喜欢，特别喜欢。"

我也点点头："嗯。"

他继续说道："我不爱她了。"

你怎么觉得我会一直爱你呢？尽管当时我是这样想的。

· · ·

童子快马加鞭,
爱人一骑绝尘

· · ·

妈妈，我还是爱上了他

1

"我就不乐意看，这世界上哪有那么多死去活来轰轰烈烈的事情？书里写着寻死觅活的爱情，歌里唱着青春迷茫，有什么好迷茫的？顶多就是今儿韭菜涨价了、肉倒是跌了做菜盐放多了，你倒点白开水将就吃了就成了，哪来那么多废话？"宋别每次在家吃饭都是一种煎熬，而每次煎熬的点都来自于她妈，她妈以前可能是说相声的，还可能是贯口基本功好到不行的逗哏。

她有时候也很好奇她爸到底是何方神圣，能降服住这种"众生浮屠"的"大妖孽"，这哪是寻常爷们儿治得了的？身边那些以为捧几朵玫瑰唱几首情歌就能"拱"到"水灵小白菜"的小年轻，到了这位姐面前，指不定得跪倒在她裙子下面，高声喊女神，还可能只得到一个白眼。

但也就只有想想，宋别自小记忆中并没有爸爸这个词，问了，也不是没有好奇过，她连她爸姓什么都不知道，她跟着宋仙女姓。

你见过哪个正常人在自己四十来岁的时候把身份证上的名字改成宋仙女的？

"宋小莉，我看你是要上天了，又偷吃我的东西！"宋别双手叉着腰，像是被踩着了爪子的小猫一样。

"我跟你说了多少次了，叫妈！"宋仙女敷着面膜，"你这熊孩子怎么就不懂事呢？"

在宋别翻了几个白眼正准备说话的时候，宋仙女又说道："就算不叫妈，你也别叫宋小莉啊，仙女这名字感情儿我是白改了是吧？"

清晨的阳光透过窗帘的空隙，薄薄地洒在地板上。

宋别看着她妈一副慵懒的样子，气就不打一处来，"仙女？你怎么不叫宝宝啊？一把年纪了你也好意思？"

宋仙女登时就跳了起来，"嘿你这死丫头想挨揍是吧？滚去上班。"

宋别一抬头看钟，叹息了一口气，然后穿着睡衣就去洗漱，再准备去上班。

2

这样的对话无数次出现在这个小小的公寓里，乍一看还真觉得这是俩姐妹来着，兴许是这个公寓里这么多年就没有男人，处处的布置都显得是女儿家的细腻心思。单亲家庭的小孩子至多至少童年都有些不好的回忆，但在宋别的眼中，那就不是事儿。

有时候宋别的外公外婆也担心，但是宋仙女愣是把宋别从流着鼻涕跳皮筋儿的黄毛丫头养成了一个亭亭玉立的大姑娘都没出过什么岔子。乐观、积极、豁达、热心，这些优秀的品质在娘俩儿的身上表现得淋漓尽致，这可就不是素手调羹的浅道行了好吧？

宋仙女也不矫情，偶尔有人给她介绍伴，她也打扮好了大大方方去见面。只是这么些年独立单身惯了，想瞬间习惯有依靠还真不现实，年轻男人看不上，年纪大的男人等不起。她也不担心，就这么每天看看剧上上班和小姑娘斗斗嘴也挺惬意的。

她最大的爱好大概就是关心如花似玉的女儿的情感生活了吧，只不过每次一说到这茬儿宋别就像个修仙炼丹的老道士一样，摆摆手："祖国尚未统一，岂敢儿女情长……"

也就只有这个时候，宋仙女不知道怎么接茬，也只有翻翻白眼作罢了事。她单身这么多年，年轻的时候也不见得就比谁家女儿丑了半分，早些年的闲言碎语和如山压力，二十来年浮浮沉沉男人女人见着多了早成就了大百毒不侵。也只有看到一些周边人的情感狗血事件的时候才会背着宋别难得矫情一回，"希望死丫头以后遇到的男人靠谱我才放心呐。"

一边嘴上说不信男人一边巴巴往上凑？这压根儿就不是宋大仙女的剧本。

3

"小莉，你家那闺女有男朋友了没有啊？嘿，我手里有一好货……"就是这么一拉皮条似的媒婆话语，偏偏还就对上了像是啸聚山林的草莽英雄宋仙女的胃口。于是，涂宇就这样出现在了宋别的咖啡桌的对面。

宋别正咬牙切齿地发朋友圈吐槽宋仙女居然就这么华丽丽地让她走上了相亲的路线，涂宇第一句话就让宋别乐了，"请问，你就是宋姐的妹妹吗？"

标准理工科男生的木讷和睿智，职场打扮的涂宇就这样稀里糊涂地和古灵精怪的宋别进行了第一次亲切友好的见面。

回到家，宋别问宋仙女："有你这样的妈吗？你怎么不说我是你姐啊？"宋仙女正津津有味地看着韩剧，头都没转："我年轻嘛，那个男孩怎么样？"

宋别看着手机上涂宇发来的短信，一边回着短信一边说道："不怎么样，宋小莉你怎么想的，我才24岁啊，就担心我嫁不出去了？"宋仙女说道："也没指望你一个就成，总得有点经验才好，以前你死丫头死心眼，大学都不肯谈个恋爱，这样万一遇到个什么……哦对，渣男，我怎么放心得下？"

宋别早已习惯宋仙女时不时地蹦出一两个网络词，有些词连她都没听过。她把包包往沙发上一甩，蹬掉拖鞋盘着腿抢过宋仙女的瓜子就开始嗑起来。

电视里的俊男美女潇洒演绎什么叫作两个相互爱恋着的人永远不可能在一起。

"宋小莉，你就没想过找个男人吗？"

"怎么忽然问这个？你陈叔叔你不知道？你贺叔叔你不知道？老娘不是不乐意，是没找到合适的。"宋仙女侧过头问道。

"那……我爸是个什么样的人？"宋别冷不丁地抛出这么一句话来，"渣男？"

不得不说小宋同学的脑回路也是十分惊人的，没等宋仙女说话就自行脑补了一大串什么抛弃怀孕妻子和其他女人远走高飞的国产编剧式的奇葩剧情。宋仙女呸了一声，说道："你当老娘是什么眼光？"

宋别一看宋仙女有想说的样子，一个抖擞就问道："来来来说说。"

宋仙女摇摇头："这有啥好说的。你只要记着，女儿家要自爱，要勇敢去爱，但是缺了男人天也塌不下来。"她站起身来，伸了个懒腰，继续说道："别想那么多，也不是什么大事，我也没你想象中那么可怜，你这猴孩子，少嗑点瓜子，别整上火了。"

宋别点点头，抬起头问道："有爸爸的照片吗？"宋仙女愣了一下，走进房间半晌过后拿出一张很陈旧但是保存得很好的照片，递给宋别。

照片的背景是一个花圃，时代的烙印还在笑靥如花的宋仙女身上，而她的背后，则是站着一个微微含笑戴着眼镜的男人，留着偏分，不帅，很普通，宋仙女和他相比较，算得上颜值担当，两人的眉宇间尚可看出宋别的基因来源。

4

宋仙女轻轻抚摸着宋别的头发，慢声问道："恨爸爸吗？"宋别叹了一口气，将照片还给宋仙女，靠着宋仙女的肩膀，轻声道："小时候恨，现在我们生活得挺好的，只是有点好奇吧。"宋仙女翻了个白眼："还能有啥好奇，一个眼睛两个鼻子？"

好不容易的温馨场景就被宋仙女一句话破掉了。

宋别噘着嘴，恶狠狠地瞪了宋仙女一眼，起身准备去洗澡，宋仙女没有说话，只看着女儿的背影，半晌后才冒出一句："这死丫头……"

目光柔和而骄傲。

宋别对于男人展示自己的优秀特别有免疫力，从小到大就是个乖乖巧巧的美人胚子还是挺吸引人目光的。

所以涂宇笨拙而坦诚的方式反而让她好感成几何倍数上升，而且实在话涂宇长得也不差，于是两个人周末见面，平时发发短信打打电话什么的，关系也说得上突飞猛进。

人生若只如初见嘛。

何况又不是真的是那看破红尘的云游僧人？男欢女爱很正常。

"啧啧啧，打扮得这么漂亮啊？至于吗至于吗？"宋仙女一手提着个菜篮，一手提着个包包，想来是下了班顺路买回来的。

宋别被这突如其来的一声吓了一跳……然后……口红就画歪了。她无视着哈哈大笑的宋仙女，气急败坏道："宋小莉你又找茬是吧？"宋仙女愣了一下，似乎想起了什么，又打开门匆匆跑出去。

　　宋别低声啐了一口，继续化自己的妆，她很小的时候就偷偷摸摸地拿宋仙女的化妆品来臭美，不过被逮着了就是一顿臭骂，也是在自己十八岁高中毕业那时候，宋仙女开始教自己化妆。宋别那时候不习惯化妆，问她为什么，宋仙女告诉那时候懵懵懂懂的她，女孩子无关美丑，可以不化妆喜欢素颜，但一定要懂化妆，这和取悦别人无关，心情不好可以把自己打扮得漂漂亮亮的，这是对自己的尊重。

　　隔了一会儿，就在宋别觉得自己已经不能再漂亮了正准备出门的时候，宋仙女回来了。

　　她一脸神秘地把宋别拉到厨房。

　　"你干吗啊，我这时间不够了。"宋别说道。

　　"我告诉你一件事情。"宋仙女满脸严肃，语气慎重，"你必须要掌握一个技能。"

　　宋别笑得腰都直不起来了："我知道了，哎哟你笑死宝宝了。"宋仙女几乎是跳了起来："你知道？你居然知道这个？我不是告诉你要慎重吗？"宋别打断宋仙女："哪有，我连个男朋友都没谈过，这个不是网上看的嘛。"

　　宋仙女一副恍然大悟的样子，总算是放过了宋别，然后又一脸兴奋："咱家电脑上可以看吗？"

　　事实证明，就这种求知精神……宋仙女还是很年轻的。

5

宋别和涂宇进入了正式恋爱阶段，每天你侬我侬的，宋仙女有时候会抗议，大多数时候还是乐呵呵地听宋别和涂宇之间的趣事。

简直比韩剧有意思多了。

比如涂宇带宋别第一次进电影院看的电影是部科幻片。

比如涂宇有一次约会穿了两只不成套的袜子。

再比如涂宇第一次来家里吃饭见到宋仙女的时候。

那天，宋别领着涂宇来家里吃饭，这哥们儿一进来就主动打起招呼："宋姐好啊。"宋别在旁边春风拂面一阵白眼，轻声说道："这是我妈。"

宋仙女一脸调笑的时候甚至涂宇都有扭头就走的冲动，妈的不带这么欺负人的啊。

当然宋仙女和宋别两人的手艺还是让涂宇赞不绝口。

趁着宋别去厨房洗盘子的时候，宋仙女明显收拾了一下情绪，说真的当时她也没有多了解这个男孩，但当妈的哪有不对自己孩子的对象感兴趣的？

但是宋仙女第一个问题就让涂宇懵了："你说我和丫头掉水里你先救谁？"

涂宇很想跑，说实在的宋别也不是他初恋，他以前也没有见过女生的家长，但也不至于不知道一些基本的事情，但这个千古难题怎么会能出现在考验女婿的场合？

"先救……您吧……"涂宇见到宋仙女压根儿就不是开玩笑的样子，遂也就认真对待这个问题，但是这么一句话就让宋仙女的脸色忽然难看了三分，那一双眼角略有淡纹的眸子射出来的光芒不是那么柔和了。

涂宇没有看见宋仙女忽然难看的脸色，自顾自地说道："救完您过后，我再去救她，救不上来……我就不上来了。"涂宇的眼睛里透着一个男人的坚定。

峰回路转。

宋仙女忽然一巴掌拍在涂宇的背上，把他吓了一大跳，笑脸盈盈道："好小子。"

宋别就在这个时候端了一盘洗好的水果出来。她一坐着就问宋仙女："你们在聊什么？"宋仙女还是笑嘻嘻的："没啥没啥，聊好了，你们出去散散步吧，我去看会儿电视剧，年轻人就要多走动，不要像我这个老年人一样。"宋别刚啃了一口苹果差点噎着，要不是涂宇在一旁，她还真的想问问宋仙女是不是受什么刺激了？

老年人？前几天不还说自己是小仙女吗？

晚上送走涂宇回来，宋别看见宋仙女正在敷面膜，一步三跳地跑到她面前："小莉姐，你觉得怎么样？"宋仙女迟疑了一下，问道："你喜欢他吗？"

宋别点点头："挺喜欢的。"宋仙女表情不敢做得夸张，继续说道："对了嘛，你喜欢就成。"宋别有点不乐意："可是也要你喜欢啊。"宋仙女右手压压海盐面膜的边，正色道："傻丫头。你自己的男人，不要去看旁人的眼光，因为其实张宇那歌怎么唱来着，男人的好，只有在他身边的那个男人……噢不对是女人才知道。毕竟以后啊，是这个男人陪你度过那几十年。"

宋别忽然觉得有些沉重，她靠在宋仙女的身边，轻声说道："我去哪都带着你好不好？小莉姐？"

宋仙女坐起身来："这不瞎扯吗？"

宋别撅起了嘴："你是不是嫌弃我……"宋仙女嘿嘿一笑："那不能，以后涂宇那小子要是敢对你不好，我弄死他。我宝贝了这么多年的小丫头，总有一天会嫁给别人的，我早就有心理准备了。"她起身洗去面膜，把宋别搂在怀里，宋别还有点小感伤来着，结果宋仙女忽然冒了一句："不知不觉……你的胸都这么大了？"

宋别哭笑不得。

"嘿嘿，没啥的，老娘离了你也照样过得好。"宋仙女摸着宋别的头发，"这个女孩子呀，总还是要有男人疼的。"宋别其实很想说她都没男人那么多年了也没怎么样啊，想想也还是没有说出口。

月光映在宋仙女的脸上，显得又熟悉又陌生。宋别说道："小莉姐你还记得小学的时候后面那男生老是欺负我，有一次把我弄哭了你去学校收拾他吗？"宋仙女愣了一下，只笑着没有开口。宋仙女当年可是直接找到那男孩的家长大吵了一架，对面那对夫妻还愣是没见过这样出口剽悍逻辑严谨的当妈的，不停道歉。

"从那以后我一直就觉得我家小莉姐是最棒的。"宋别轻声呢喃。

"嗯，我都舍不得弄哭的小丫头，敢欺负你？他活腻歪了。你看，你还不是就这么顺顺当当地长这么大了？隔几年都要嫁人咯，放心，到时候老娘肯定让你风风光光的，不委屈你。"宋仙女也轻声道，低头一看，宋别都睡着了。

宋仙女就这么静静地看了好久，从宋别精致的眉梢看到薄薄的嘴唇，良久后兀自喃喃："只是慢几年该多好！"

明月如歌，像是兜兜转转飘过黑白的年代，转眼又将照在青丝变白发的人身上。

6

大半年的悠闲时光转眼便过。

有一天吃饭的时候，宋仙女一边嚼着一块青椒，一边盯着默默吃饭的宋别，开口问道："你这丫头这两天怎么忧心忡忡的？"宋别抬起头来："有吗？"宋仙女撇撇嘴："你是老娘生的，连这点都看不出来？这两天失魂落魄的，咋，工作上不顺心？"宋别摇摇头，没吭声。

宋仙女皱皱眉，往宋别碗里夹了一块肉，问道："那就是涂宇那小子惹你了？他是不是劈腿了？这小子是找削？"

宋仙女的脑洞是个谜，你要让她自己想她指不定得给你编一部电影出来，还得是最狗血的那种。宋别叹口气："涂宇挺好的，只不过……"宋仙女把筷子一丢，轻声问道："只不过什么？你不说我问那小子去。"

宋别也失去了吃饭的兴致，垂头丧气："他家里不同意我们在一起。"宋仙女声音高了八度："怎么可能？"然后她沉吟半晌："嫌你丑？"宋别摇摇头。"嫌你性格泼辣？"宋别还是摇摇头。"那是为什么？"宋仙女一脸纠结。宋别不吭声站起来默默走进了房间，宋仙女看看桌子上剩下的半碗饭，只得又叹了口气。

宋仙女是有点担心，但总也不能去追问不是？她倒是清楚自家女儿是个什么性格，看起来大大咧咧温婉柔弱，但骨子里就跟她一样，执拗，敏感，一个人就像是千军万马。

但这种事情她怎么好插手？宋仙女一直觉得儿孙自有儿孙福，这些小后生的恋情纠葛喜怒哀乐都是该经历的一部分。只不过她看着宋别日日憔悴，就好像一根细针在戳自己的手指头，那种感觉……比自己把菜烧煳了要难过得多。

"死丫头你今天说也要说不说也要说，怎么回事？"宋仙女今儿等宋别一进屋就喝问道。

宋别兴许是这段日子确实是压力过大了些，被宋仙女这么一吼，当即有点委屈收拾不住了，瞬间红了眼眶。宋仙女面色沉静："别急，慢慢说，老娘还在这呢，乖啊。"

宋别走过来，轻轻道出原委，涂宇和她感情一直很稳定，对她也一直很好，两人处了有大半年，琢磨着把结婚的事儿考虑一下。"这是好事啊你这傻丫头。"宋仙女说道。

"但是他爸爸妈妈说我是单亲家庭的小孩……"宋别嘴角向下，终于包不住泪水，"就……就……不……同意……"

宋仙女一下子沉默了，只轻轻拍打着宋别的后背，问道："你怎么想的？"宋别忽然抬起头，眼光坚定："我很爱他。"宋仙女和宋别对视几秒，继续问道："涂宇呢？"

"他也很痛苦，他家里现在都准备给他相亲，他都和家里吵了几次架了。"宋别稳定好情绪，哭花了妆容，显得楚楚可怜。

"私奔？"宋仙女忽然又跳跃了思维，看着宋别瞪着的小眼，又嘿嘿一笑，"玩笑玩笑，没有家人祝福的婚姻还是很可怜的。"宋仙女这句像是对她又像是对自己说的话一下子让宋别刚止住的眼泪溢了下来："可是……我真的好喜欢他……真的……我该怎么办啊？"

宋仙女看到情绪激动的宋别，没有吱声。宋别继续说道："他说这周他把他爸爸妈妈请出来吃饭，把我正式介绍给他们，我其实挺心疼他的，真的，他夹在中间其实是最难过的。"宋仙女一边点头一边说道："我知道我知道，我知道涂宇这小孩靠谱。丫头你记着，恋爱是两个人的事情，婚姻也是，只要你们相爱，没人能阻拦你们在一起。"

宋别轻声道："真的吗？"宋仙女点点头："按理来说这种家庭我们娘俩没什么感兴趣的，但是谁叫你这么喜欢这小子呢？丫头，能遇到这么一个你喜欢他他也喜欢你的人不容易，不要放弃。"

宋别点点头。

7

周末，一家中餐馆。

宋别做了头发选了好久衣服，等着涂宇来接她。一上车宋别就有点惶恐地问涂宇自己的穿着打扮怎么样？会不会不得体。涂宇绽放了一个笑容，握了一下宋别的手，然后说道："不要紧张，有我在呢。"宋别看着双眼有点点血丝却依旧在她面前不带一点点戾气的涂宇，没去揭穿其实他也很紧张的事实，轻轻点点头。

真的，除了自己，没有风浪能阻碍两个真心相爱的人对视时温柔的目光。

到了包间外头，涂宇牵着宋别的手，深呼吸了一口气，然后推门。

里面坐着一对中年夫妻，本来他们还不知道为什么儿子忽然要带他们到外面吃饭，但一看牵着的宋别，他们本来还轻松的表情就瞬间变得有些冷漠。

"爸，妈。"涂宇走到他们跟前坐下，主动打了招呼。宋别一颗心跳得很快，但还是礼貌地叫道："叔叔好，阿姨好。"

包厢的气氛奇怪得有些别扭，涂宇的爸妈也不是什么巨擘大枭，那种能让人吃饭都打哆嗦的大般若，只不过确实有明显冷淡宋别的意思。

"小宋啊，你看我们涂宇笨手笨脚的，一直都很听家里的话，为了你都和我吵了几次了，他爸虽然没说话，但总也是不好的，你说对吧。我们长辈是真觉得你们不合适。"涂妈妈还是主动开了口，涂爸爸在一旁自顾自地吃东西。宋别面带微笑，还没开口，涂宇就说道："我觉得挺合适的。"

涂妈妈瞪了涂宇一眼："你懂啥，别说话，吃饭。"宋别轻言道："阿姨，其实我自己觉得，在不在一起是我和涂宇两个人的事情。"

涂妈妈面带冷笑："你的意思是我们多管闲事了对吧？"宋别一慌，急忙说道："不是的不是的，我的意思是说，我觉得……我觉得我很爱涂宇，涂宇也很爱我，这难道不才是结婚的根本吗？"涂爸爸眼观鼻鼻观心，偶尔扫过来的眼神却是像路人一样。

涂妈妈往宋别碗里夹了一筷子菜，继续说道："结婚是一辈子的大事，怎么能马马虎虎呢？你们现在觉得对方不错，生活在一起就知道后悔都来不及。你还真别说长辈多管闲事，我们家不是什么大户，但也就涂宇这么一个儿子，万一以后你们俩闹僵了，你让我们怎么办？"

好一记慈眉善目的软刀子。

"这不，我们都安排了一个女孩介绍给涂宇。那姑娘我见过，没你漂亮，但我觉得性格挺合适涂宇的，我们生他养他几十年，总比你这大半年了解他的地方多吧？"涂妈妈继续面带笑容地说道。

"我不要，我就要小别。"涂宇又插嘴说道，"我想要和谁一起生活是我的事情。"

就这一句话，顿时剑拔弩张。

"屁话，你以为婚姻是什么？是过家家吗？还是你觉得你可以连所有亲戚都不要了？你有本事再说一遍？"一直不开腔的涂爸爸陡然开口，声音不大，语气不算狠，却有几分威严，涂宇瞬间不说话了。

"唉……小宋，其实我真挺感激你的，能看上我们涂宇，但是怎么说，我们当爸妈的总觉得不踏实，生怕他以后生活不顺当，你看你家又是那种单亲……"

涂妈妈住了嘴，可能也觉得当人面就提这个有些不好，包厢里一下子静得出奇。

8

但还就是这欲言又止的话语，让宋别本来看着桌子上暗流涌动的诡异有些忐忑的心情愣是停了下来。

她平静起身，给涂妈妈的杯子倒了一点奶，给涂爸爸的杯子里倒了一点酒，礼节礼仪无可挑剔。

"叔叔，阿姨，我妈妈确实不容易，以前小不了解，这么些年我再不懂人情世故也觉得我妈妈这一路走来挺艰难的。我小时候她经常偷偷哭，我都知道，只不过不知道为什么她会哭。"宋别坐了下来，目光平静。

"她以前打短工，后来是服务员，再后来做二手房东生意，我也没法想象一个女人咬着牙挺过每一次缺钱或者外面有人说闲话还要对着自己女儿满脸笑容的样子。我今年25岁了，25年来，她没跟我诉过一次苦，一次都没有。"

包厢外面有点吵，但是包厢里面的人却很安静地听着。

"我记得以前有人欺负我，我第一次看到我妈原来可以那样凶，但我没害怕过，因为我觉得有妈妈保护我我很安心。前段时间我第一次问起我爸，她告诉我，不要恨我爸，她没有给我讲过她和我爸的故事。"

"前几天我跟我妈妈说叔叔阿姨可能对我们家是单亲家庭有些反对涂宇和我恋爱。您知道吗？其实我心疼涂宇，真心疼，所以我都想说分手了，因为我也觉得要是我妈妈不牵着我的手祝福我，我的婚礼是残缺的。"说到这里宋别偷偷握住了涂宇的手。

"不告诉我妈妈是因为我知道她的性格，她自小就见不得我哭，说女孩子不可以随便哭。但是我说了过后，她只是告诉我，说只要我和涂宇是相爱的，她就愿意祝福。阿姨，您也是母亲，您会懂的。"

涂妈妈有些动容，她身边不是没有单亲家庭的朋友，对于子女的爱哪个当妈的会淡了半分？因为亏欠等种种原因，甚至爱到畸形偏激的例子又少了？

将心比心，便是佛心。

"阿姨，我不愿意看到涂宇受伤害，但我更不愿意看到我妈妈伤心，您或许对单亲家庭有偏见，或许这个社会就是这样，但是这不是您可以议论我妈妈的理由，也不是我为人子女可以容忍的理由。"

"你这丫头怎么说话……"这一句颇有攻击性的话语却让涂妈妈涨红了脸。只是没等她说完，宋别就站起身来，拿起包包，鞠躬道："叔叔阿姨，我先走了，抱歉。"

没有看涂宇一眼，扭头就走。

"小别，小别。"涂宇立马起身。而涂爸爸则是猛然喝道："涂宇，坐下。"

就在这个时候，包厢门忽然开了，一个身影出现在门口，她面色平静，只是微微跳动的太阳穴显示出其实她现在心里也不平静。

所有人都看着来人。

9

宋仙女站在门口，宛如女神下凡。

宋别从最开始到现在都没有哭，只是看到宋仙女的时候，她却瞬间流出了眼泪。宋仙女微微一笑："回家吧。"宋别使劲点点头："嗯。"涂宇的嘴角微微苦涩，保持着半起身的样子，像一尊雕塑一样，涂妈妈和涂爸爸面面相觑。

直到包厢门被宋仙女重重甩上，她都没有看这家人一眼。

夜风有点冷，宋仙女没有说话，紧紧牵着她的手的宋别泪流满面。

行过天桥，一个抱着吉他的年轻的流浪歌手正大声嘶吼着一首歌。

听到歌词，宋别驻足，依旧泪水涟涟。宋仙女站在她身边，目光中全是慈爱。夜风吹散了流浪歌手的长发，让人看不清他的样子，宋别的眼神却格外专注。

半晌，宋别忽然开口。

"宋小莉，我真的很爱他。"

"嗯。"

"但我更爱你。"

"嗯。"

"妈。"

……

"死丫头，叫姐。"

"哈哈哈哈哈哈。"宋别忽然哈哈大笑，紧紧牵着宋仙女，好像一松手就是千里以外一样，"姐，我饿了，想吃馄饨。"

"馄饨个蛋，这大晚上的我哪里去给你找馄饨？饿了就下碗面，吃饱了麻溜儿洗个澡上床睡个觉，多大点儿事儿？谁生下来就是花好月圆的？"

宋别嘿嘿一笑，轻松前行，宋仙女一直严肃的表情，挂上了平日里柔和的微笑。

星星眨着眼，悄悄感叹这大千世界。

10

流浪歌手的歌声穿过天桥，像狂风暴雨一样打在这万家灯火上。

妈妈，他们抛弃了我，像歌唱一样抛弃了我。

妈妈我是多么爱你，当我歌唱的时候我爱你。

只是那些猛烈的情绪，在睡不着的时候折磨着我。

我那死去的父亲在没有星星的夜晚看着你。

妈妈我会在夏天开放吗，像你曾经的容颜那样。

妈妈这种失落会持久吗，这个世界会好吗？

忘记一些隐秘的委屈，在回头观望的时候迷失了自己。

我的正在老去的身体，从某一天开始就在渐渐失去。

妈妈我爱你。

妈妈我居然爱上了他，像歌唱一样就爱上了他。

妈妈当你又回首一切，这个世界会好吗？

妈妈我是多么恨你，在我歌唱的时候，我恨你。

壮士，愿你有份想成家的爱情

我看着坐在我对面的年轻的男人，二十出头的年纪，但是他仍然给我一种很奇特的感觉。

他长相平平，算不上俊俏也说不上丑陋，怎么说呢，这个男人的谈吐气质让我觉得他有二十岁男人的热血、三十岁男人的沉稳，以及四十岁男人的世故，这么凌乱而分裂的气息却在这个穿着皮衣、牛仔裤、大头皮鞋的男人身上融合得天衣无缝。

"以前没觉得你还能写东西。"他弹弹烟灰，将烟头按灭在烟灰缸里，声音喑哑。

我和他初识是在西宁，一个音乐节上，一起蹲在距离最大、舞台最多、人群比较远的高处，一聊才知道都是四川人，所以留下了联系方式。

我笑笑，"是不是觉得现在的青年作者都要颜值高才行？"

他撇撇嘴，沉默了一下说："我给你讲个故事，你能不能帮我写出来？"

我挑挑眉毛，答："你说说看，我尽量。"

"你觉得爱情和时间长短有关吗？"他抛出一个问题，直起身子伸了个懒腰，然后找了个慵懒的姿势窝在沙发里。

我皱皱眉，"应该……有关吧？"

这算什么破问题？这是我心里的话。

"那好，我问你，如果我说我谈了一场七天的恋爱，你信不信？"他目光清明，眼眸里迸射出灼人的光芒。

"希望是个好故事。"我喃喃自语。

1

阿潮是个旅行撰稿人，半吊子摄影师，我问过他为什么，他说他每次准备给自己的文字配图的时候，都发现那些摄影师交出来的答复稿就如同理发店的理发师傅一样任性。

阿潮那天在老北京一家旧书店看到了一本摄影集，心思一起就买了北京到拉萨的火车票，因为经常会兴起旅行，所以他简单带了点厚衣服就踏上了西行之路，当然，也带够了钱。

之前他听说现在的西藏到处都是背包客，这让他觉得有些难以接受。

"你想象一下大街上的小贩都用英语宰你是什么感觉。"彼时他说。

"算了，应该还是去一次西藏。"此时他说。

在他找到自己的车厢自己的铺位的时候，他看到下铺已经有人了，是一个姑娘，正捧着一本书看得津津有味。

阿潮一愣，随即有些反感，他轻轻一瞥，却看到那姑娘手上是一本《阿衰》，他挑挑眉毛，兴许他该主动去搭讪来打发这四十来个钟头旅途的无聊。

"哥们儿，借个火。"这是那姑娘和他说的第一句话。

火车开动后，阿潮那个时候正在联结吸烟处和一群大老爷们儿在烟雾中刺激肺和喉咙，那个穿着普通不妖娆不夺目的女孩忽然冒了出来，她头上木质的发卡倒是显得格外有品相。

她环视了一圈，发现了阿潮正带着微微错愕的眼神看着一脸平静的她。

"她叼着一根点八中南海，从云烟、玉溪、好猫、中华的烟雾中朝着我走来的时候，我连掏火机的手都兴奋得有些颤抖，一如阿芙罗狄忒重现人间。"阿潮回去就在手机的备忘录里写道。

姑娘叫小花，是真的叫小花，全名就叫何小花。

小花脸上有点点雀斑，皮肤不显得特别水灵，但也不至于狰狞，身材也不是前凸后翘，有些邻家小姑娘那种感觉，普通得扔到大街上也不一定能够找出来。

当然，除了她总是在笑，还有阿潮好奇一个抽烟的人怎么做到的牙齿洁白。

2

阿潮和小花开始聊了起来。

从实际上来说，一个姑娘和一个小伙初识时聊天就是求同存异，寻找是否是同类的感觉。

只是阿潮和小花的聊天就好像同一型号的两条单独的拉链拉上了一样。

"真的啊？你也喜欢打鼓？"

"好巧，我也做过淘宝客服。"

"我也是存了笔钱就喜欢四处逛逛。"

……

这是他们聊天节选，"也"这个字出现了可能有七八十次，特别是小花说她现在给好几家新媒体撰稿的时候，阿潮有种缘分砸头的感觉。

同样都是做过很多兼职见识过不少行当经历远超同龄人，同样爱写写画画，同样爱坐火车反感飞机，这次都是抱着说走就走的心态想去西藏看看，甚至毕业后的第一份收入都是撰稿。

然后阿潮放下了准备在火车上写完的一篇稿子，小花也放下了漫画书，两人聊了七个小时，抽了一包烟！

话题也从初见的些许腼腆和戒备跳到了情感两性。

阿潮后来想想，觉得曾经追自己的姑娘可能有些想不通，自诩为慢热的他在那一刹那，有种想要和这个女孩发生点什么的想法。

他们在深夜中畅聊，沉沉睡去，直到早上到西安站的时候有人上车下车，阿潮醒来，看到小花正笑脸盈盈地依靠着车厢的车窗。薄薄的阳光透进来，像穿过树林的间隙一样穿过她尚散着的发丝，她轻声道："早上好。"

"我想虽然场景不对，虽然身份不对，但是我很文青地在一恍惚间觉得，我和这个女孩为了能够相遇相知，已经苦苦寻觅了多年。"阿潮的备忘录里多了一句话。

他们一起去洗漱，回来看到长长的队伍排在厕所外，小花无奈地耸耸肩，这个时候一群新乘客上车，带着大包小件。

阿潮猛地握住了小花的手，牵着她走过那群乘客，在忽然意识到有些尴尬的时候，却看到小花猛地吐吐舌头，主动牵住了正准备放开她手的阿潮。

他再一扭头，却看见小花没有半分娇情的脸红，自然而然地微笑。

3

越向西行驶越冷。阿潮从未觉得时间如此短暂，从他以往无数次的火车旅途经历来回忆，除了人生百态的各种气味，百无聊赖的窗边景色，就是小心翼翼不敢乱用的手机电量。

何小花让他觉得这班列车开得越慢越好。

"你看，我们这就好像一起度过了四季一般。"何小花穿上薄外套，仍然是普通的黑色。阿潮咧开嘴大笑，又担心这样的笑容有点丑，强自抿嘴微笑。

火车通过了兰州开始向西宁行驶。

他们的话题开始出现了理想中的家庭。

"最好一个房间一个风格，中式的欧式的民族的都要有。"

"还可以加个废弃旧工厂的感觉。一定要有书房，要能静下心来写点东西。"

"嗯嗯，就是就是，我特别喜欢小动物，养一条狗。"

"不养猛犬，养拉布拉多或者萨摩耶就好。"

这个时候，何小花口中是"我和未来的爱人"，阿潮口中是"我和我心爱的姑娘"。

他们的话题开始出现了婚姻与生活。

"我想要可以每天挽着他的手，在黄昏里散步。"

"很美不是吗？我希望每天早上去上班的时候，她可以给我一个吻，轻轻地整理我的领带，然后告诉我要加油。"

"我们可以每月叫朋友开一次Party，或者一起给朋友寄一点儿礼物。"

"我们可以一个季度就计划去旅行一次，去塔公草原，去贝加尔湖，去梅里雪山。"

这个时候，他们的口中开始坦然出现了"我们"这个词。

一切都是那么顺理成章，阿潮觉得这个小小的几平方米的空间都闪耀着金色的光芒，里面有他要的生活。当火车行过西宁后，天色渐晚，气温慢慢降了下来，相信再往西走的话会越来越冷。那天晚上他们第一次拥抱，在抽烟的时候。

烟已经抽完了，阿潮看着背对着他的小花，她嘴上叼着他的黑兰州，这烟是阿潮第一次抽就喜欢上的烟，价格很便宜，但是糙烈的独特让他的心肺都有很强的刺激感。

阿潮从背后拥着小花，小花轻轻叹道："我们是不是有点太快了？"

阿潮一愣，随即意识到小花并没有想要挣脱的迹象，他笑着开口："我们找寻对方用了太久的时间，这样算来一点儿也不快。"

小花扭过头来，两人开始激烈地接吻。

直到乘务员一脸笑容地拍拍两人的肩膀，微笑着没有开口。小花才满脸通红轻轻撇过头去，阿潮牵着她的手回到床位，两人拥在一起看小花的漫画书，津津有味。

山间有林狐，草丛有走兔，入目之时，浓情处处。

4

到拉萨的时候已经是晚上了。

两人一起下了车，阿潮在火车上就问小花订房间没有，小花笑着摇摇头，于是两人现在同在拉萨一间客栈的房间里。此时并不晚，大街上还有带着寒意满脸兴奋和红晕的旅客。阿潮站在酒店的窗边，任由风吹打在自己的脸上，他低下头点着烟，凝视着这个在国人心中地位崇高的地方，不知道心里在想些什么。

"怎么了？"小花将脸贴在阿潮的后背上，双手环住他的腰。

"你说我们今晚怎么睡？"阿潮的眸子没有半分狡黠，却多了一点儿说不清道不明的意味。

小花红了脸。

"到底是快了，还是慢了？"阿潮喃喃自语。

酒店房间皆是藏式装潢，连家具上的雕纹也是藏传佛教的特色，毛毯的配色极为张扬，香炉里，藏香的烟雾熏得整个房间都若有似无地飘散着安详的感觉。不得不说，这些装饰还是让两人都觉得很舒服的。

是夜，小花在身旁憨憨入睡，阿潮在备忘录里写道："当她毫无戒备地在我身旁睡去，甚至还打呼的时候，我没有一丝性欲，但是像我这种男人，居然也有刹那想要和她永远在一起，不是一类人，就是她。"

大床上，两床棉被两条毛毯，楚河汉界，泾渭分明。

5

何小花成了阿潮相机下最独特的存在。

她不性感，她不魅惑，没有夸张的造型，没有艺术的美感，甚至这个女孩连模特的边都找不到，但是就这么普通的她，站在西藏处处皆活佛的盛景之下，却透着一股浑然天成的气质。她就是牛羊，她就是梵唱，她就是经幡，她就是天堂。

在纳木错的时候，阿潮正拍着照，一个女藏民却过来说要收钱，阿潮对于这种索取钱款的事情已经习惯了，本着多一事不如少一事的原则，正准备掏钱。

何小花蹦蹦跳跳地过来，先是道了一声扎西德勒，然后就是一个诚意十足的微笑，女藏民先是有些错愕，不知道何小花跟她说了什么，到最后她居然带着笑容走开了。

"你和她说了什么？"阿潮笑着说道。

"我不告诉你！"何小花吐吐舌头。

"好啊，看我不打你！"阿潮举起手做欲打状，何小花一跳抱住他的手，两人同时笑起来。旁边一对情侣好像正在闹别扭，女生一脸委屈："你看人家多好。"男生不好意思地看了看阿潮，回手正准备牵女孩，那女孩却背着手显然不乐意。

这个时候何小花上前抱抱女孩子，轻声说道："牵牵他吧。"

女生沉默半晌，走上前去主动牵了牵那个男孩的手。

就这样，结伴而行的四个人一起在纳木错漂亮的风景里沉醉着，然后一起回到拉萨。女生一路上其实还是有点小情绪，但是有外人在场想来也不好发作。

然后四人找了个路边烧卤店吃夜宵。

拉萨夜晚的温度平原人真有点不适应，好在菜不错，好在酒不错。这家店的酒醇厚，入口就像一道火线一样刺了进去，需要用菜来压下去。阿潮和那个叫李侯的男生推杯换盏，标准的江湖儿女偶遇过后开开心心地聊天喝酒。

"你说，你凭啥还要理那个女的？"女生红扑扑的脸一下子又涨红了三分，带着酒气说道。阿潮轻轻夹了一筷子菜，抿了一小口酒。

李侯可能没有想到女生会忽然提起这茬，当即有些恼怒，开口说道："又不是没给你解释清楚……"

小花在一旁不准备插嘴，但是眼看这对小情侣又要吵起来，阿潮忽然开口："想分手吗？"

小情侣都有点错愕地看看阿潮，就连小花都皱皱眉头，这是喝多了吗？

阿潮又继续慢悠悠地开口："想想当初为什么在一起。"

掷地有声，石破天惊。

李侯愣了一下，举起杯子一口喝下，打了一个响亮的酒嗝，坐下后喃喃自语："我再理她我就是婊子养的。"

女生眼眶满满都是晶莹，咬着下唇轻声说道："对不起。"李侯一笑轻轻揽住女生的肩。

温柔自然。

小花目光呆滞，似乎被阿潮这句话击中了某些情绪。

女金刚也有木棉心。

阿潮和小花站在烧卤店门口，看着路灯下抱在一起的情侣，尘埃在路灯明亮的灯光下清晰可见，冷风下的他们像电影画面一样多情，不远处布达拉宫恢宏的气息为这个画面形成了最美的背景。

"多好！"阿潮轻声道，扭头一看小花，造型奇特的木质发卡仍旧很别致，前额几缕发丝飘在她眨也不眨的眸子前，和她眼中灼热的光芒形成了一幅漂亮的画。阿潮牵起小花的手，皱皱眉，也是在这个时候他才发现了一个有趣的事实，一直给人如沐春风感觉的小花，手从来冰凉。

6

他们做爱了。

或许有酒精的原因，或许有情感的井喷，他们在酒店的床上，在桌上，在浴室里，疯狂地表达自己的欲望。小花高潮的时候，她咬着阿潮的肩膀，轻声说道："你为什么今天才想和我上床？"

阿潮不说话，他看着床上风情万种的小花，只觉得好像浑身抽离了所有的力气，欲望如潮水一般退去。

他起身去洗澡，回来后抱着她，轻声说道："睡觉吧。"

小花一直相信一句话，如果一个男人愿意在做爱后紧紧抱着你睡觉，那么不管他承不承认，他都爱你，至少在这一时刻是爱你的。

撰文的人总有些敏感，但写字的人总都虔诚，这点阿潮懂，小花也懂。

小花开口："你爱我吗？"

阿潮一愣，没有说话，只是笑着说道："怎么忽然问这样幼稚的问题？"

小花换了个姿势，继续枕在阿潮的手臂上，看着阿潮胸前的文身，换了个话题："怎么会文一条狗，还……"

"很瘦是吧？"阿潮笑着说道。

小花点点头，阿潮轻声说道："上山的瘦狗才镇得住野兽。"

小花愣了愣，轻声说道："我写的文字常常被读者说睿智，至少情感我以为很到位。阿潮你告诉我，我们这算旅途的艳遇吗？"

阿潮听到这句话瞬间就觉得有些恼，没有开口，但是小花像是没有意识到阿潮的变化一样："约炮？"

阿潮又起身，点燃一根烟，没有给小花。

"你怎么可以这么说？"阿潮的声音有些低沉。

小花道："难道不是这样的吗？从一开始我就知道你只是想得到我，我知道像你这样经历广见识多而且有才华有情怀的人怎么会喜欢上我呢？这才多久？"

她依旧平和淡然，笑靥如花，可是阿潮感觉被这个姑娘薄薄的嘴唇所吐出的利剑刺了个体无完肤。

"所以呢？"

"不所以，我们再来一次吧！"小花面不改色，就像之前的话根本不是她说的一样。

阿潮站起身来，心潮澎湃，一起一伏就像是有高原反应一样。

7

阿潮只准备在拉萨待三天，加上火车上的时间差不多一周的样子。

最后一天小花仍旧挽着阿潮的手，一直走一直走，两人依然聊得热火朝天。

"我觉得我们可以一起合作出本书，或者你来摄影我来撰文，挣了钱我们就一起去玩。"

"哈哈哈，你那种小女生文字也好意思？不过听上去挺有趣的。"

"我们把署名署成一个人，这样别人就不知道其实是两个人做的了。"

这个时候，"我们"仍然是阿潮和小花的口中词。

"其实敦煌也好漂亮，只是月牙泉游客太多了，我以后和心爱的姑娘得换个时间去。"

"青海湖和茶卡盐湖也不错，哪像北京雾霾那么严重啊，我想好摆什么造型，他就给我拍照。"

"对对对，哈哈哈，这样自由自在多好啊。"

这个时候，小花的口中是"我和我未来的爱人"，阿潮是"我和心爱的姑娘"。

他们开始在拉萨的黄昏沉默。

一天跑了不少景点，说实话都有点累，何况阿潮还要赶明早八点多的火车回北京。

"你真的没法换时间吗？"阿潮问道。

"可是我还想去大昭寺看看。"小花正摆弄着今天在八角街淘到的小饰品，头也不抬地说道。

气氛很沉默，阿潮看着相机，多了好几百张照片，然后他掏出手机选了两张放到社交软件上，两人各忙各的。

"要不，我买明天的？"小花开口道。阿潮很孩子气地笑起来，使劲点点头。

"这是陪伴吗？但是只要她愿意买那张票，就证明她是愿意跟我走的。就像《圣经》中说道，我的心思慕你，如同鹿思慕溪水。"阿潮躺在床上，在备忘录里写着，扭头看了一眼早已熟睡的小花，安然入眠。

8

回去的火车上，两人的话好像少了很多，当然阿潮觉得这可能是因为他和她的铺位关系，没在一起。

阿潮倚在窗边，也去车厢联结处抽烟，抽的是雪莲。

当然，小花也是一起的，他们仍然很快抽完了一包烟。

因为铺位的关系，小花有两次来找阿潮都看到他正躺在床上眯着，遂也没有来找过了，阿潮和小花除了在抽烟的时候说了一会儿话聊了聊，大多数时间也在做事。小花看完了那本《阿衰》，阿潮也写完了那篇写到一半的稿子。

到兰州站的时候有人下车，阿潮心里有点乱，他走到小花的铺位，看见没有人，他又走到抽烟的地方，果然她在那里。小花倚着车厢的玻璃，看着阿潮走近，丢给他一根点儿八中南海，笑着说："打火机还你。"

"我感到很困惑很焦灼，我意识到'打火机还你'可能是我和她说的最后一句，就像她最开始来和我借火是一样的。她不跟我走为什么会买这趟车票？"阿潮在备忘录里气急败坏地写出这段话。

9

"结局呢？"我看着一直摆着一个造型窝在沙发里的男人，饶有兴趣地问道。

他扭扭脖子，传出来一阵僵硬的关节交错的声音，然后直起身子，轻声道："没了。"

"没了？"我皱皱眉，看着他动也没动过的绿茶，"写出来一定会头重脚轻，但我没有美化或者丑化结局的习惯，很明显你逃避结局，所以寥寥几句话。"

他点点头，喝了一口已经冷掉的茶水，说道："我最后到站下车的时候去过她铺位，已经没人了。"

我"哦"了一声，小声说："这文不好写。"

他笑笑，一阵沉默过后，"她在北京西站外边哭我其实看见了，但我没过去。其实我挺难过的，看着她蹲在那里得有半小时吧。"

我蹙蹙眉头，问："为什么不过去？"

男人轻笑，又熟练地点了一根烟，说："我和她已经分手了。"

我长舒一口气，感觉像是听到了什么了不起的故事一样。

天色渐晚，我坐在他的车上，他又一次提出了那个问题："你觉得爱情和时间长短有关吗？"

我笑着开口："下午你讲了这些，如果你首尾均衡或者你讲结局的时候多一点，我就觉得还是因为时间太短。但是我现在相信爱情和时间长短没关系。"

我盯着他的挡位杆发愣，他沉默半晌后说道："这个问题有些相悖，但是我觉得有一个道理很明显，这也是我想叫你帮我写的原因，要知道这七天已经是一年前了。"

我看着华灯初上的都市，说道："什么原因？"

10

他目不转睛地看着前方，一字一句地说："我真的可以和很多人说'我爱你'这三个字，一点儿都没电视电影上那么矫情，很容易就说出来了，但是我想要给她一个家这种感觉，不是每个出现在我身边的姑娘都能让我有的。"

我一字一句地重复完这句话，沉默了一会儿，喃喃道："原来，我们都一样。"

他哼着一首叫《米店》的歌，
许了你一个家

1

"三月的烟雨，飘摇的南方。你坐在你空空的米店。你一手拿着苹果一手拿着命运，在寻找你自己的香。"——张玮玮、郭龙《米店》

2

我到目前为止一共帮人写过64封情书，帮助27个春心荡漾的小伙子"拱"到了他们心目中的"水灵白菜"，帮助23个风情万种的小姑娘爬上了她们心目中男神的床。

所以我一度认为这是可以发家致富的手段，因为这些信写来基本都不费什么工夫。

挥毫泼墨信手拈来，一字一句都是山无棱天地合的情怀，但实际上也就是各种狗血电视剧本换一种表现形式罢了。

写信本来就比发短信和加微信来得有情调多了。

但是只有我自己知道，写情书的本事是一个比我年纪大不了多少的哥们儿逼着我练出来的，而且还是个货车司机，还是个理着个光头的货车司机。

3

他叫韩言，住在我们院子里，租的房子，不是我们本地人，家乡在哪我忘了，他拥有黝黑的皮肤和深邃的眼眸，俨然一副世外高人的样子。

我初识他也是这样觉得的，在一个大排档里，我和我一个哥们儿坐在角落喝着啤酒闲扯，他和一群朋友走进来。

他和我不算认识，充其量算个眼熟。

我看到他那谜一样的装束，驼色的长袖单衣，二十块一条的大花沙滩裤，脚上一双人字拖。我眉毛轻挑，这哥们儿的审美真的和我一样，都是一个未解之谜。

他们大概七八个人的样子，有男有女，不一会儿就声线宏伟各种脏话粗口满天飞，我倒是觉得没啥，大排档反正就是这样的。

牛鬼蛇神道佛一家。

我哥们儿觉得有点吵，我一看时间也差不多了，就准备走，然后这个时候，一声锣响，戏开场了！

4

隔壁桌是几个年纪比较小的混子，这种人其实是很可怕的，脑袋挂在裤腰带上，不把自己的命当回事情，其中一个混子忽然吼了一声："闹什么闹啊！"然后就是各种极具四川地方特色的脏话，韩言那一桌瞬间就安静了。

我有点看不懂，这……这么怂？

就在我本来平静的目光都要变成鄙视的那一刹那，赫然便见韩言站起身来，一个酒瓶就狠狠砸到了那混子的头上。

我就更看不懂了，这……这么剽悍？

开了瓢的混子血瞬间就从头上流下来，一阵踉跄，韩言笑嘻嘻地说道："小兄弟，话不要乱说。"那几个年轻的小混子想要强势一点，但见韩言一夫当关万夫莫开的样子，还有那谜一样的穿着打扮……

场面僵持了约莫一分钟，小孩子们灰溜溜地就跑了，也不知道结账没有。

我两眼冒光，这哪里是世外高人啊，活生生就是驰骋绿林的大响马！他一扭头看见我，"咦，你是不是住在我们那边的？"我点点头，不自觉地带了一点狗腿子的笑容。

"来，过来喝酒。"他乐呵呵地说道。

过了两个小时，我看着吐得哇哇的哥们儿，一阵咬牙切齿。

韩言他们太能喝了。

我偷工减料躲掉不少，但我这哥们儿是实在人，都是拿着战斗杯跟人喝。量不如人我们认怂，但是这善后的事情怎么办？

我看着比我高一头晃晃悠悠站都站不稳的哥们儿。

满眼是泪。

5

就这样我和韩言熟悉了起来，他比我大不了几岁，初中读完就辍学了，不是家里原因，好像是因为和老师打架被开除了，然后死活都不愿意念书了，接着走南闯北倒腾小生意过日子，开得一手好车。

他对院子里的邻居都很友善，要不是因为亲眼看到他用酒瓶子开人脑袋我死活都不信他辍学是因为和老师打架。

他工作很辛苦，有个小皮卡周一到周五帮人送货，周六周日自己进点干货来卖。他有段时间经常在院子里晒花椒，在旁边放一把躺椅，晒着太阳眯着眼打盹儿。

有一次我遛狗回家，他把我拉到一旁，一脸神秘与严肃。

要揍我？我满脸惊恐。

"小爽，帮我写封情书。"他一脸羞涩。

我盯着他："叫大哥。"

"你想挨揍吗？"他微笑道。

"大哥我就是开个玩笑，你说给谁写吧。"我搓搓手。

他就跟我絮叨起来。

他周六周日一般都在农贸市场摆个小摊，然后他看上了他摆摊旁边那农村信用社的一个职员。

我挠挠头，"这咋写啊，万一那姐不吃这一套怎么办？"

一番琢磨……不，严谨的商讨过后，我决定去看看那个姐。

第二天和他来到了那个农贸市场，他把我拉到一个米粉摊。

"言哥，我吃过早饭了。"我客气道。

"谁说叫你吃了，等一下吧。"他一脸嬉笑地看着一个方向。

我若有所思。

一会儿他面色一变，赫然从一个普通的混混变成了一个正经的白领，当然你要忽略他的光头。

我顺着他最开始打量的方向，一个女子走过来。

那女子笑着对韩言说道："今儿咋这么早？"

"来得有些早吧。"他一脸憨厚地抓抓头。

我面无表情，装，你就可劲儿装，也不知道是谁昨天商量的时候一脸痴汉相。

细看那姑娘，我一阵头皮发麻。米粉摊就两张小桌子，很简陋，我在一旁玩手机，本来想听听谈话什么的，结果这两位还真的完美地诠释了食不言寝不语。

等那姑娘走后，韩言问我："你觉得咋样？"我一脸深思熟虑反复斟酌用词，"挺沉稳，有气质，比较知性。"

韩言"啪"一声拍在我背上，"说人话。"

我小心翼翼地说："哥，你是不是有点缺少母爱啊？"

接着我就准备跑。这么说吧，韩言大概二十五六岁的样子，那个姐们儿至少三十了。

半小时后，我和他蹲在墙角，面前是他的小皮卡，后斗上是几个口袋的干货。

"真写？"我问道。

他不说话，瞥瞥转角处的农村信用社，事实上什么也看不见。

"写吧。"他一咬牙。

我看着他眼里的倔强，不说话，点点头。

6

我用了大概两个钟头出了第一稿，引经据典洋洋洒洒。

他不满意。

他原话是这样的："你这什么鬼啊，你觉得这种诗词歌赋一样的东西是我这种人写得出来的吗？"

我寻思一下也是，因为有部分内容还是我上网找的，十分晦涩难懂。

然后我尽量用白话出了第二稿，简单易懂情感直白。

他不满意。

他原话是这样的："你这什么鬼啊，你觉得这样的口水话能当情书吗？"

我点点头，确实有点不像话。

……

然后我写到了第十一稿！

果然井蛙不可语海，夏虫不可语冰，我这种层次的人是没法跟韩言这种大神交流的。

"我不写了，太难了。"我准备撂挑子。他马上递上来一支烟，"好弟弟，你也不忍心让哥打光棍不是？要不你再想想，不管成不成我都请你吃饭。"

我看着他一脸讨好，说道："你说的那些确实太难了。"

他也很理解："成，我想想。"

7

然后当他牵着那姐们儿的手出现在我面前的时候。

我几乎是崩溃的！这？哥你玩的是哪出？你是怎么做到的？西班牙苍蝇吗？

……

他请我吃饭，然后正式介绍："这是孙晓柔，这是陈爽。"我根本就不敢直视那姐，总有种被阿姨看的感觉。中途孙晓柔去厕所。我问道："你是怎么成的？"他笑笑："我把你前面写的全部都给她了，她就答应和我处处看。"

"全部？你怎么说的？"

"他说这是他喜欢我的证据。"孙晓柔回来了，一边用纸巾擦手一边说道。

我满脸黑线，半晌后竖起大拇指。

"不简单！"

8

孙晓柔开始出入我们那个院子，时时都能看到她。韩言得到了爱情的滋润而变得越发开朗，做事都变得非常积极，连晒他那些干货的时候都哼着小曲，常常一个人就忽然笑起来。我一度觉得这种单身二十多年的男人谈了恋爱之后，简直就是人间大杀器。

太受不了了。

孙晓柔偶尔提着菜，自顾自地用钥匙进屋，一会儿就会从小屋里飘出来饭菜香味，再一会儿就是韩言的小货车回来了，随着那一声别致的刹车声响，孙晓柔就会第一时间出现在门口。

笑靥如花。

有时候我也去他家蹭饭，孙晓柔的一手好菜还是让我赞不绝口，只是韩言老是秀恩爱。

那时候我又一次证明了单身狗无论在什么时候都是会有不经意的伤害袭来，这也是他后来叫我去吃饭我死活都不去的原因。

你叫人"小宝贝"的时候，你考虑过我的感受吗？

不得不承认孙晓柔有着一股很独特的魅力，居家，贤淑，有味道，但我说这话显然有些偏颇。

可是院子里的人都是这样评价的，那就确实如此了。

韩言也在晚上去河边公园散步，牵着孙晓柔，讲讲他这些年走南闯北所遇到的各种趣事。

谈资充足，而他标志性的谜之审美穿着也在那个女人的手下变得和谐。

多好的小日子啊。

9

直到一回我在饭桌上听我妈说八卦。

"小韩谈的那个朋友好像是结过婚的。"我一愣，没有说话。

"听说大不少。"奶奶接道。

"前两天听他们房东说好像这小子想要和那姑娘结婚，但好像家人不允许。"我和我爸不说话，看着这两位标准的八卦模样。算了算了吃自己的饭，让她们絮叨去。

下午我就碰到韩言，果然他的眉头有些微皱。

我踌躇了两下，问道："哥，听说你要结婚了？"他轻飘飘地看了我一眼，我啜着一罐可乐，轻轻叹息，碳酸饮料真难喝。

韩言没有搭话，径自走开。

我耸耸肩继续去打我的篮球。

10

回来的时候看到他家来了不少人，而周围邻居都是一副看戏的样子，就连我奶奶都一边牵着狗一边朝那边张望，可能在这些大妈的眼中，这种八卦比电视台的相亲节目有趣得多吧。

至少男女主角看得见摸得着。

我看着一个老太太抹着眼泪，韩言站在他们对面，于心不忍又斩钉截铁，孙晓柔在韩言的背后，胆怯又决然。

怎么生活剧变成战争片了？

我不解地看着面前这一幕。

"你和她不合适。"一个中年大叔苦口婆心地说。

"怎么不合适？我觉得挺合适的。"韩言笑眯眯地说。

"她比你大那么多，还结过婚。"一个中年大妈接着苦口婆心地讲。

"我不在乎。"韩言笑眯眯地说。

"可我在乎，你不要脸我还要脸！"抹眼泪的老太太骤然歇斯底里道。

阴云天气片刻之间雷电交加。

韩言的笑容凝固成冰，转为严肃。"妈……"他嘴角扯动着，老太太就这么看着他，眼眸中尽是咄咄逼人。

我在一旁看着，啧啧称奇。

好一出市井戏码。

"我想要和她结婚。"韩言一字一句，孙晓柔激动地捂住了嘴，眼角晶莹。我分明看见她眼中有一个全新的世界。

万千芳华。

11

这出戏后来是怎样发展的我并不知道，因为我还要去上学。

晚上下课我在家外面的面馆吃拉面，百无聊赖地看着胖子店家熟练地操作。

"小爽。"一个男声传来。

我扭头，看见韩言和孙晓柔走进来，韩言看上去有些疲惫，孙晓柔还尚有泪痕未干。

他坐下来，我嘴角嗫嚅，还是没开口。孙晓柔看到了我的样子倒是没有说话。

"慢慢磨呗，还能把我逼死咋的？"韩言无所谓的样子。我点点头，把话题扯开，然后稀里哗啦地吃着面条。

孙晓柔好像还有事情，起身便走了，然后韩言就对着我说道："你觉得我该怎么办？"

我一脸看傻子的样子，大哥，我怎么知道怎么办？

韩言点燃一根烟，说："我真挺喜欢她的。"我一看他准备长篇大论了，就一阵难受，但又怕他打我，只好也陪着他抽烟。

"你看我妈那么大的年纪，年纪很大了才有的我。"韩言的光头在店里的白炽灯光下显得分外明亮，我想到了逃跑计划那首《夜空中最亮的星》，确实很贴切。

"这姑娘在答应我那天我就想和她结婚。"韩言托着下巴，轻声说道。

我瞅着这个皮肤黝黑的年轻人透着一股子无畏劲头的眼睛，一如北斗。

晃晃脑袋，这真的又是一个"媳妇和老娘掉到河里救谁"的老问题，到底是谁发明这种命题的？

"一切都会顺利的。"这是我那天和他说的最后一句话。

12

然后他就出了事。

他大清早开着货车到一个小乡镇送货，大抵是在一个大弯处离合器没有踩稳，直接撞上了山。

当场大出血死亡。

13

我得到这个消息的时候是中午放学，一晃眼看到院子里全是人，吓了一跳，还以为是有人打架，但瞳孔在看到已经哭昏的韩老太太那瞬间开始剧烈收缩。

我和韩言不过十个钟头不见，他就变成了一具冰冷的尸体？

孙晓柔站在一旁，瑟瑟发抖，面色苍白，眼里布满血丝，头发随意挽起。

老太太及韩言的一干亲戚都没有说话。

谁能知道他们这次本来是来劝说韩言和孙晓柔分手的，结局却变成了这样？

世间最悲伤的事情莫过于白发人送黑发人，虽然韩言是光头。我看着那群人，终也开始觉得荒冷，我这旁人心里尚且堵得慌，何况那些至亲之人。

我没有看到遗体，出殡的时候我是没有资格去的，我爸作为一家之主去礼节性地送了礼。

虽然他不是这里的人，但毕竟是发生在院子里的红白事。

阴阳先生做了道场，孙晓柔执拗地参与了整个法事。

老太太缄默不语，言谈中却对这个比韩言大的姑娘和善得多。现在想来指不定举头三尺有神明，这些生死轮回的事情，总让人唏嘘不已。我看到孙晓柔搀着又老了一圈的老太太去吃东西的时候，又忍不住叹息，本该是良缘来着。

老太太坐着不吭声，孙晓柔轻声道："阿姨，你还是该吃点。身子骨要紧，别这……你又垮了，不值当。"老太太浑浊的眸子闪着点点泪光，只是木讷地点点头。

我有时候是真的挺恶毒的，你继续拆啊，这下高兴了吧？但一想到老人家又这么大岁数了，我就又有点同情她。

当然还有孙晓柔。

14

孙晓柔戴着黑纱，坐在公墓的台阶上。

夕阳西下，她不说话，想着当初韩言给她一沓情书的样子。

都烧了。

只留了一封，是韩言亲手写的，字不好看，还有错别字，还是抄写的歌词。

只有孙晓柔知道，上面有一对情人的未来。

有她以为就有家。

15

"爱人你可感到明天已经来临，码头上停着我们的船，我会洗干净头发爬上桅杆，撑起我们葡萄枝嫩叶般的家。"——张玮玮、郭龙《米店》

我跟你说个锤子

前些日子去成都参加一个高中同学的生日聚会，按照流程晚上吃了饭过后我们在一KTV里唱歌。那哥们儿人缘很好，所以包间里人不少，男男女女坐在一起，有我认识的也有我不认识的，不过年龄起伏也不大，气氛热烈，有宾主尽欢的意思。

其中有个可能比我们年龄大一点儿的叫阿尤的哥们儿让我印象比较深刻。这家伙能说会道面带微笑，在不认识的人面前也不怯生，三言两语就能搭上话，对姑娘也不过分殷勤，不逾越不做作。这种长袖善舞戏龙耍蛇的大能人想来也是这种场合见得多了，在场的人都对他挺有好感，特别是他那句口头禅更是接地气得紧："我跟你说个锤子。"

当然一般情况下能把这种带有戾气的话当成口头禅还让人有加分没有减分的大仙佛，我一向都是乐于结交的。一见如故是大话，多喝两杯酒还是挺乐意的。

晚上KTV场结束后高中同学开了几间房，安排那些没在成都念书的同学住宿，我和阿尤被安排到一个标间里。

阿尤说道："有些饿，要不咱哥俩儿再去续一摊？喝点回魂酒？"

于是我们两个人在酒店下面的烧烤摊又点了些烧烤、小面之类的宵夜食物，就着啤酒聊天。

"尤哥，你还真别说，我还就觉得你这口头禅挺有意思。怎么来的？"我啜了一口开瓶后的泡沫，问道。

他点上一根烟，听到我这么说嘿嘿一笑，说道："我这口头禅？成，我给你讲个故事，就当下酒菜呗。"

我点点头，一边吃面一边听他讲。

1

阿尤大学在成都，只不过念到大二就辍学了，这哥们儿大学痴迷DOTA，成天就想着怎么爬天梯。想着想着挂科数就到了辅导员老想他的地步了，于是在一半无奈一半潇洒的心态之下，阿尤没念书了，反正天梯分他也爬不上去了。

阿尤开始跑城内运输，给很多地方拉啤酒，有时候累得恨不得就到后面车厢里开一瓶，但估摸着他要是开了一瓶警察就得带他去思考人生了，所以也一直没敢。

有一回他去一个青旅送啤酒，认识了一个义工小姑娘。

姑娘叫灿灿，来自郑州。那天天气有点热，估摸着姑娘有点中暑，一阵凉风一吹，就倒在阿尤刚停稳的小货车面前。阿尤愣了两秒觉得应该不是碰瓷的，下车把姑娘抱到车上送到了医院里挂水，然后又急急忙忙地送啤酒到青旅通知了老板。

那时候阿尤一周要给这个青旅送两次啤酒，认识灿灿以后，他送啤酒就像藤原拓海送豆腐一样来得越来越早，一个小货车愣是开出了AE86的感觉。

灿灿的工作很清闲，大多时候都在懒洋洋地晒太阳看书，她在四川除了青旅老板和员工也不认识其他什么人，所以渐渐地就和阿尤熟悉了起来。原来阿尤都是送了货就走，现在提早来了还会逗留一段时间，想尽办法在灿灿面前晃悠，还主动帮她做根本就不多的工作。

有时候灿灿会坐在阿尤的副驾驶上，听阿尤用椒盐味浓厚的四川普通话给她介绍成都哪个地段小偷最多，哪个地段是红灯区，哪个地段混混痞子比较多。

灿灿还是第一次遇到这样给女孩子当导游的，新奇有趣，对阿尤充满了好感。

整个青旅的人都看出来阿尤对灿灿有意思，整个青旅的人都看出来灿灿对阿尤也有好感。于是阿尤一有空就往这间青旅跑，老板有时候打趣说又免费请了一个工人，要留阿尤吃饭。

于是在吃了两次晚饭过后，在大家齐心协力之下，灿灿答应当阿尤女朋友。

问如来为何倒坐？叹世人不肯回头。

2

两人刚好上那会儿，阿尤领着灿灿满成都乱转。成都素来以好吃好玩生活节奏慢闻名于全国，恰好适合小情侣整点儿风花雪月你侬我侬的小调调。

开始恋爱的时候，阿尤每天送啤酒，灿灿有空就跟车。灿灿觉得四川话挺有意思，心血来潮的时候缠着阿尤教她。

阿尤琢磨着教她什么，只是有一句说一句，四川话有些话挺脏的，这倒不是说其他的方言里没有带脏字的，只是可能没有四川这边儿多。总不可能这么一个娇滴滴的小姑娘一开口就是脏话什么的，那是低俗之极，阿尤自己知道，毕竟曾经也是"刀狗"一条，喷人什么的这算是基本技能好吧。

那话怎么说来的，恋人之间大多都还是想留给别人一个好印象吧，虽然也有很多奇葩情侣，但很明显，阿尤就不乐意在灿灿心中留一个很粗鄙的形象。

有一天正开车呢，灿灿忽然说道："阿尤我终于学会了一句四川话。"阿尤四平八稳地动档杆打方向盘，笑眯眯地问道："说来听听。"灿灿侧过身子，满脸严肃，一字一句："我跟你说个锤子。"

阿尤差点一盘子开到路边去，半晌后哈哈大笑："谁教你的？"

灿灿一看阿尤的模样，有点呆萌地问道："老板教我的啊，这句话是啥意思？"阿尤不停地侧头瞄副驾上的灿灿，白色连衣裙，瀑布一样的头发随意地挽在脑后，嘟着嘴，灿灿见阿尤不吭声，侧头一看正一脸痴呆相地看着自己，嗔道："好好开车。"

阿尤嘿嘿一笑，一路上神经质地念叨："我跟你说个锤子，我跟你说个锤子，我跟你说个锤子……"

灿灿不好意思了，掐了阿尤一把，阿尤故作严肃："别闹，开车呢。"

灿灿娇嗔道："哼。"

两人心里都像吃了蜜一样甜。

好像车厢里都不是成打成件的啤酒，而是装了满满的麦芽糖一样。

3

阿尤给灿灿讲了很多川渝市井街巷的小故事小段子，很有特色，有独特的笑点。灿灿说起郑州，说起胡辣汤，说起烩面，说起豫剧，高兴的时候小妮子也会手舞足蹈地吼上两声："得劲，得劲。"

阿尤看得痴了些，有时候又自觉自己的模样有些呆了会不好意思地抓抓头。

有一天，青旅老板和阿尤喝酒，问起阿尤对于灿灿的感觉，阿尤想了想，吃了块凉拌皮蛋，然后说道："我想如果她早些出现的话，我应该不会因为DOTA而辍学。"

青旅老板沉吟半晌然后喃喃道："我觉得你还是去玩DOTA好一点儿。"

阿尤一皱眉，环视了一下四周，闷声闷气地问道："你啥意思？别整这些背后煽阴风点鬼火的话，有什么事情敞开说，又不是青屁股孩子。"

青旅老板打了一个酒嗝，笑了一下："听说你爱给她讲故事？那我也给你讲个。"

阿尤耸耸肩，没吭声，青旅老板笑嘻嘻地说道："她手脚不干净。"阿尤猛地抬起头："什么意思？"青旅老板摇摇头："就这意思，她要偷，最开始我没注意，店里打她来后丢过几次前台款。我以为她粗心钱账对不上来也没细问，次数多了我开始怀疑是我们店里的人有偷儿。"阿尤面色严肃，又拿起筷子夹了一口菜，刚想送进嘴又停住："有证据吗？没证据我跟你说个锤子。"

青旅老板说道："稍微用点手段就盘问出来了，呸，老子开这店之前和火车北站那群偷鸡摸狗的人打交道打得多了。做了亏心事的人和坦荡的人接受那种套话的模样天壤之别……她叫我别告诉你，我还给了她一巴掌……"

阿尤心里烦躁得像是耗子在猫跟前跳最后的舞一样。

因为他忽然想起第一次灿灿跟他车的时候他丢了三百块钱，当时还以为是自己大意丢到哪里了，本来钱也不多没几天就忘了。现在听到青旅老板这么说，他的记忆又像是浪潮退去露出来的礁石一样清晰起来。

"我不是什么悲天悯人的大菩萨，所以她说她不敢了的时候我还骂了她两句，有点难听。本来嘛，义工又没工钱。但我也不是什么小气的人，千儿八百我还是拿得出来的，她开口问我要我都觉得没事，她偷我就觉得很厌恶，谁不厌恶贼娃子。她说她马上要离开了最后待两天，我估摸着得给你透个气，不然不地道。别等你吃了亏才跟你说，我得愧疚死。"青旅老板拍拍呆若木鸡的阿尤的肩膀，收拾剩菜盘子去了。

阿尤一直闷不作声，他不抽烟，就像一座雕塑一样没有其他动作。

爱上一个小偷的感觉大概是当你跪拜在阿芙洛狄忒的脚下歌颂爱情的时候忽然闻见她有脚气，还有比这更恶心的事情吗？

4

他慢吞吞地往自己租的房子走。

彻夜不眠。

第二天他去送货，中午回家的时候，发现自己的房间被收拾得干干净净的，窗台上他这几天堆起来的脏衣服都洗了。

灿灿正用他的电脑上网。

阿尤扯出一个笑容，"你怎么来了？"灿灿露出一个甜美的微笑，说道："回来了？我做了饭，等会儿就能吃了。"阿尤把外套脱掉，坐在床上，愣愣发神，时不时地瞟灿灿的背影，挺单薄，但还是很漂亮。

阿尤是那种不怎么能藏得住事儿的人，不然心里其实也真挺难受的。吃饭的时候，灿灿说道："隔几天我就回郑州了。"

阿尤嗯了一声，他是真想问，几次话到嘴边又咽下，这怎么好开口？

倒是灿灿敏感，抑或是她了解阿尤是个什么脾气秉性的人，估摸着他可能知道了些什么，所以饭桌上的氛围安静得有些可怕。阿尤轻声问道："还回来吗？"他打定主意把这个秘密埋藏在心中，他也不是什么特别深情的人。就像他在死掉之前也并不能保证自己会喜欢多少个姑娘，会爱上多少个姑娘，好的恋情流传千古就是因为这样的恋情太少，今天的他是不是爱着明天的你，这恐怕只有满天神佛知道。

"上邪，我欲与君相知，长命无绝衰。山无棱，江水为竭，冬雷阵阵，夏雨雪，天地合，乃敢与君绝。"这样的爱情可能只存在初高中语文课本的必背篇目中吧。

"不知道。"灿灿起身收拾碗筷，转头去了厨房。

"那你的意思是我们分手吗？"灿灿正洗着碗，然后就听到阿尤的声音从背后响起，她一扭头，阿尤倚靠在厨房的门边，面色平静，"所以，这是你为我做的最后一顿饭了？"

灿灿继续洗碗，只留给阿尤一个锅碗瓢盆的背影。沉默半晌后灿灿轻声问道："一直忘了问你，你喜欢我什么？"

阿尤一愣，没想到灿灿会抛出这么一个问题，可能情侣之间有百分之八十的人都会问这个问题吧，但真要说出个子丑寅卯还真不是每个人都会的。灿灿见没有回声，再一看门边，没了阿尤的身影。

她洗完碗筷，走进阿尤房间，看着在她的素手之下变得干净的房间和双手枕在脑后躺在床上的阿尤，咬咬牙，躺在阿尤旁边，重新又提了一遍问题，"你喜欢我什么？"

阿尤看着也不算洁白的天花板，轻声说道："我也不知道。"灿灿撇撇嘴，嘟嘟囔囔："我跟你说个锤子。"

阿尤扑哧一下笑了，尴尬的气氛化解开来，灿灿小声问道："觉得我漂亮？做饭好吃？还是就是单久了？"

阿尤叹口气，似乎是在向灿灿说，又似乎是在向自己说："我觉得你笑起来和我妈妈很像，我觉得笑得好看的姑娘都是好姑娘。"

灿灿似乎也没有想到自己会问出这么一个妖孽一般的答案，小脸一白，好久过后只小声说了一句："对不起。"

5

灿灿走后，阿尤的生活又回归了平静，似乎这区区几个月也没有满湖莲花开不败的盛况。你要说回忆？如果接吻和做爱除开的话，可能这个姑娘留给阿尤的，只是那句"我跟你说个锤子"吧，偶然有身边的人说起这句话，还是会有条件反射的。

他以前觉得日子不够用，恨不得把开车的时间吃饭的时间都压缩到一秒，然后用剩下的时间都让这个姑娘出现在自己的视线之内。现在这个姑娘一下子抽离过后，好像时间又拉长一般，他的车速开始降了下来，吃饭开始多嚼两口，好像一旦闲下来就不知道该干什么一样。

难道又要去玩DOTA吗？

灿灿偶尔给他打电话，还是娇娇气气的嗓音，就好像她就是去买了个菜一样，恍若隔世。在车水马龙的成都，阿尤有时把车停了也去吃个宵夜，多喝了两口过后也会想，要是灿灿一直没有被发现，是不是她就会一直待在成都，待在自己旁边？

但他随即又把这个念头甩出了脑袋，他小时候亲眼看过一个老太太被小偷偷走了钱捶地痛哭茫然无助的表情，打那个时候开始，他就知道贼比其他地痞流氓都来得招人恨。

他也恨。

有一天晚上阿尤刚洗完澡，正看着自己的配货单琢磨明天最合理的送货路线，至少堵车的时间会少一点。电话响了，然后他接起电话，几分钟过后他挂了电话，面色古怪。

他脸上阴晴不定，躺平身子又坐起，坐起来又躺下去，如此往复几次过后他瞥了一眼手机屏保，低声啐了一句，然后起身拿起外套就往外走。

6

"我算你的家属？"约莫十五个钟头过后，阿尤站在他刚从派出所领出来的灿灿面前，喑哑地问道。

灿灿打量了一下阿尤的样子就有点想抽自己了。

还穿着拖鞋，脸上油得不像话，双眼布满血丝，嘴唇发白，不抽烟的人嘴里还有很大一股烟味儿，浑身上下都是大写的两个字：疲惫。

灿灿怯怯地说道："我就存了你的电话号码……不敢跟家里人说……"阿尤冷笑着："是啊，谁能想到你是个贼呢？"灿灿听到阿尤阴阳怪气的话，泪水在眼眶中打转，带着哭腔问道："你咋来的？"

阿尤咂咂嘴，还是冷笑："咋来？开我那破车来的，用手机导航过来的，幸亏老子记得警察说的地址，开到杭州路的时候手机没电了，我找人一路问过来的。我也是个蠢货，哎呀我跟你说个锤子。"

说到最后阿尤也是火气无法压制，暴躁起来。

灿灿似乎是想让自己努力地别流眼泪，但又不听使唤，一止一开之间就显得很纠结，她大概可以想象出这个男人接到电话过后丝毫不怀疑地像条疯狗一样连夜赶过来的仆仆风尘。

上了阿尤的小货车，半天也没打着火，指不定昨晚匆匆从成都赶来把车子给废了，你要说这种车子跑点短线路可能还成，以超高的速度疯狂从成都往郑州赶一宿路，出点毛病很正常，阿尤丧气地在挡位杆上拍了一下，下了车。

7

晚上，阿尤第一次去了灿灿家，一个很普通的二居室，家里没人，屋里的摆设都很简单。

"你怎么会有这个……这个习惯的？"阿尤跟老板请了假，挂了电话就问坐在沙发一边的灿灿。

阿尤刚埋头在路边一个小餐馆里头也不抬地一口气吃了三份盖浇饭，吃饱过后就感觉困得不行，好在车子打燃火了，只不过好像有一点儿异响，估摸着回成都过后得大修一次。

那天晚上阿尤抱着灿灿窝在她的床上，听着这个姑娘说话，说她的惯偷儿父亲，说她不检点像游鱼一样周旋在各个男人身边的母亲，说她是怎么开始第一回偷同学的铅笔，说当时她老师对她的辱骂，说她屡教不改家里人都骂她打她，说她为什么连一个朋友都没有，说她是怎么不愿意待在这个城市从而四处做义工的。

"你知道当初为什么我会注意到你吗？我身边对我知根知底仍然想占有我的男人多了去了，我到现在包包里都放着刀。"说到这的时候，赤身裸体的灿灿就这么蜷蜷身子，用背抵住男人的胸膛，郑州的月亮像成都的月亮一样的明亮，他们拥抱的姿势也和几个月前一样。

阿尤愣道："为什么？"

语气软糯。

"因为你给我介绍成都的红灯区啊混混小偷多的地方的时候说过一句话。"灿灿侧头冲着阿尤笑，脸上赫然有泪痕。

"嗯？"

"如果他们自己有得选，没谁会愿意一直那样生活的。"灿灿伸出手摸摸阿尤的脸，轻声说道。

一个姑娘爱上你，可能只是因为你漫不经心的一句话，在特定的场合戳中了她的柔软。

阿尤满是心疼，真心疼，他的生长环境里鲜少有这种，说不上顺风顺水，但这种阴暗面他接触得很少，自然也不会感同身受。

"你现在有工作吗？"阿尤问道。

灿灿迟疑了一下，还没有从自己灰白色的记忆里挣脱出来，说道："在一个餐馆做服务员。"阿尤皱眉："店里知道你进了派出所吗？"灿灿摇摇头："不知道，恰好轮到我休息。不过，阿尤，谢谢你。"

阿尤沉默，半晌后问道："你以后还要偷吗？"

8

灿灿不吭声。阿尤有点不耐烦："问你话呢?！"灿灿的声音特别小，小到这么安静的环境阿尤都差点没听清楚："我不知道。"

阿尤推开怀里的灿灿，良久后给了自己一巴掌："我跟你说个锤子。"灿灿本来已经慢慢平静的心情又一下子提了起来："阿尤你别这样。"阿尤冷笑："不这样？你知道吗，你走的这几个月里，我真挺想你的。你会偷东西，在你走之前我就听青旅老板说过了，我没说出来是觉得对我们彼此都好，忘了你也好，我都没想过今天会这样，接到电话的时候我都不知道为什么像是疯了一样只想赶到你面前来。听你说了这么多，我大概也知道你为什么会成这样，也不想对你说教什么，我忽然觉得自己像是什么也做不了，真的，你刚说你不知道，我就有这感觉。"

灿灿的泪水夺眶而出，只用手捂着自己的嘴巴，轻轻抽泣。

人生最美是初见，因为初见最痴傻，入目都是对方的好。

阿尤坐在床边，月光照耀进来，洒在灿灿的身上，它可不管这人世间的苦难。

两个小时二十八分钟的沉默以后，阿尤开口："我留下来吧，先陪你一段时间。"他一扭头，疲倦之极的灿灿早已经睡着，双手环抱自己像个虾仁一样蜷缩在一起，这样睡觉的女孩是没有安全感的。

阿尤轻轻摸着倦极的灿灿的刘海儿，柔声道："三次吧，你要再偷三次我就回去。"

灿灿长长的睫毛颤动，只不过倚靠在床头的男人只顾着看夜空中的星星发呆。

9

阿尤留下来了，以灿灿男朋友的身份留了下来，他又找了一份送货的工作，这次是送日杂百货，他帮一个批发商。开始的时候很不顺利，虽说郑州这地界儿包容性很强，南腔北调的过客都愿意在郑州停留。但是没有隔阂地去相信一个异乡年轻人，做点小生意的小老板还是没那魄力，要不是因为确实是人手不够，也不可能要阿尤。

阿尤前几次送货的时候找了半天，他也不烦，耐心问好地址四平八稳跟着导航就过去了，只不过小巷小弄或者遇到因为拆迁啊什么的导航上没有，他还得去问，说一口带着浓厚四川口音的普通话。

他最担心的还是灿灿，不是担心其他，偷儿这种习惯他觉得没遇上什么大波大浪要自己改掉还真的有点悬，但是往往那风浪就得把生活烧得面目全非来个你死我活。

所以他每晚睡觉之前都会问灿灿："今儿没作孽吧？"灿灿听到这话就转过来抱着阿尤的腰，笑着说道："乖着呢，我跟你说个锤子。"

听到这话，阿尤才能安安心心地睡过去。灿灿喜欢写写画画还顺带着听点儿民谣，有时候也哼几句赵雷、郝云的歌，每每这个时候，阿尤都在旁边托着腮笑嘻嘻地瞅着，有电视没信号，没电脑，就俩手机，但就是这么冰冷的生活环境，愣是让阿尤觉得还挺暖心。

没有什么比看到心爱姑娘发自内心的笑容来得舒坦的了。

只不过有一回阿尤去接灿灿，恰好看到那老板对灿灿动手动脚的，心里不舒服。在回去的路上，阿尤问灿灿："这肯定不是第一次对你动手动脚了对吗？"

灿灿犹豫了一下，点点头，说道："他平时还是很规矩的。"

阿尤挑挑眉头，其实姑娘很多时候会觉得身边的男人对自己一定是没有目的的，只是男人看到自己女朋友身边男人的嘴脸会产生强烈的占有欲，如果非要说一个为什么的话，不是不相信自己女朋友会出轨，而是他了解男人脑子里在想些什么。

10

约莫一两个月过后的样子吧，有一天阿尤下早班，在街上恰好看到了一个小偷被群众扭送到派出所，心里竟然有点高兴。

主要是来自于灿灿这段时间的乖巧吧，其实这种心理可能都算是自我安慰，说到底，万一她偷了瞒着他呢？有时候连阿尤自己都不明白，他记得很久以前有个老大爷跟他说过，小偷儿的眼神都和别人不一样，很好判断。

这才是真正的我去你大爷。那灿灿这种眼神居然还能清澈，笑容还有纯真的姑娘是不是天生就是楚留香的接班人？

他转个念头，毕竟灿灿也不是靠偷生活的，也和职业惯偷不一样，不得不说，当人在为自己爱人辩驳的时候智商比爱因斯坦可能只高不低。

他买了些蒸饺和焖饼，往家里走去，一想起自己的生日要到了，总算今年身边还有个女朋友陪自己，大学念书的娃也都开始陆陆续续找工作了，生活不会因为春夏秋冬的伤感就停滞不前。

好在日子一天过得比一天舒坦，就连他对郑州也都越来越熟悉，他的老板也越来越喜欢这个四川小伙子，口齿伶俐却又不让人觉得圆滑，做事也靠谱。

也不是每一个在异乡的人都非得夜夜难安。

直到有一天，他中午因为忽然换班恰好老板又发工资了，一时心血来潮就跑到餐馆想要找灿灿。

还没进门，他赫然看到灿灿被那个肥头大耳的老板搂着亲了几口，而她居然只是推了一下再没有其他动作，而她的眼神里，分明是对着自己才能露出来的情人之间的打情骂俏。

阿尤像是被雷击了一样站在门口。

没想到第一次看到她偷……是在偷人……

几分钟之后，阿尤走上前去举起前台那个花瓶砸在那个老板的头上，拍拍手吐了两口唾沫，扭头就走，从始至终都没有看一眼旁边呆若木鸡的灿灿。

刚要走出门，他停住了，掏出钱包，摸出一张卡，走过来放在灿灿面前的桌子上，轻声说道："密码是你生日，卡里头有三万块，我出来工作也没多长时间，平时也大手大脚的，就这么点，你别嫌。我先回成都了。"

说这话的时候，他还是没有看灿灿。

直到阿尤消失在店门口的时候，灿灿才猛然尖叫了起来。

她跟着跑了出去，人来人往的大街之上哪还有阿尤的身影，她开始像个疯子一样地给阿尤打电话。

11

阿尤开着他的小货车，车里放着李志的《你好，郑州》这张光盘，这是刚来郑州的时候有一天晚上他们去散步，遇着一个小摊，灿灿淘来的，应该也不是什么正版。

这几个月就好像又死了一次一样，不，在成都的时候是病入膏肓，在郑州的时候才是无药可医。电话一直在响，不停地响，响了一段时间过后又不停地收到短信，他没去看，也没觉得听着烦，他车里随时准备着一个大容量的充电宝，就好像做好了随时要离开的准备一样。

他慢悠悠地吃了一份炒面，然后去跟老板告别，老板还有点舍不得他，问："嘿，小尤，你啥时候回来？"

阿尤微笑，"可能就不会再来了。"

夜幕初降的时候，阿尤在上高速之前把车靠在路边，车窗摇起来，把歌的音量放到最大，号啕大哭。从《铅笔》到《忽然》，最后定格在《关于郑州的记忆》这首歌上。

哭够了过后，他拿起手机，看了看189个来自灿灿的未接来电和75条信息，拿起电话拨通了灿灿的电话，秒接过后传来灿灿喑哑的呼喊："阿尤，你不要我了？"

阿尤沉默了一下，"我之前觉得我可以容忍你偷三次，结果没想到你居然还可以这样？不拿人东西了开始走高端路线了？我从成都到郑州不是来受这种刺激的。你不仅是个贼，还是个婊子，这就是我爱的人？我跟你说个锤子。"灿灿继续哭喊道："我怕丢掉这份工作啊……"她话还没说完，阿尤就打断掉："滚。"

阿尤把电话直接就扔出了窗外，放手刹松离合踩油门直接上了高速。

终于一骑绝尘。

12

"最后呢？"我皱着眉头问道，啤酒都喝得差不多了，他边讲边喝，倒是酒量大看不见醉意，毕竟今晚可是红的白的啤的都来了，早就喝通了，不喝通可能这哥们儿也不会讲出这种故事来当夜话谈资。

杀人八百，自伤三千。

"没最后了，最后我回到了成都，搬了房子，换了号码，找了工作，就到现在了。"他笑了笑。

我叫来老板准备结账，问道："那姑娘为什么要这样？"

阿尤没吱声儿，我俩走出来才发觉时间真的太晚了，风一吹指不定得是提醒夜归人该散场了。我蹲在路边吹风，他站着，说道："有必要知道为什么吗？被逼的？本性？反正我不想知道，有些事情不管有没有苦衷都不能做的。后来我也在想，她当时如果给那个胖子俩耳光我肯定也不会走，只是我觉得再没有一个人可以让我这样狂开一千多公里只为了去交几百块罚款了，当然，父母除开。"

"后来也没见过她，死了伤了嫁人了当妈了进监狱了都和我没关系了。我觉得挺荒唐的，反正也没想过后悔，现在不就剩下个谈资吗？你觉得我当时傻吗？"阿尤忽然低头问我。

我想了一下，很严肃地点点头："傻。"

他嘿嘿一笑："我跟你说个锤子。"

我笑道："我也跟你说个锤子。"

我站起身来，和他一起回房间。

在电梯里的时候，我开口说道："傻，是真傻，傻得没谁了，但值，我挺羡慕你。"他侧过头一脸严肃地看着我，我都以为他要揍我。

准备关灯睡觉的时候忽然从旁边传来他的声音："爽子你说，那……应该我是爱她的吧？"

我哈哈一笑："爱啊，这不是爱那我就不知道是什么了，是锤子？"

他没接腔。

我笑了笑，还真是听了一个乏味的好故事啊。二十出头能有这么一个姑娘带给你伤害，这得是造化，还必须是大造化，爱情故事我听得不少，这种疯子一般的大行径可能只有这种少年时候才做得这么漂亮无私了吧。

虽然有点可惜，没成良缘。

但也没成锤子。

童子快马加鞭，爱人一骑绝尘

1

我遇到林木的时候，他正在被人打，一脸是伤，像我被我爸打得那样惨。

但他一声不吭。

"下次再这样我揍得连你妈都不认识你。"那个头顶着杀马特爆炸等离子烫的男生一脸嘚瑟，其实我觉得他有点娘娘腔。

"哥们儿，帮个忙。"这是他和我说的第一句话。我满脸狐疑，犹豫着是不是该过去，怕他揍我泄愤。最终我还是过去了，和他一起蹲在墙角。"下手真狠，一群婊子养的。"他不停地骂骂咧咧。

我一脸鄙视，刚才挨打的时候没见你这么勇武。

"哥们儿，谢谢你。我去找个地方包扎一下。"他活动活动身子，准备站起来。我想着现在离开是不是不怎么够义气，但我还是不想和他去，因为我没钱，而且我知道林木身上也没钱。

他叫住我就是想让我给他买包烟。

我点点头："路上小心。"他特别豪迈地走过去，一瘸一拐。然后又特别迅速地返回来，一瘸一拐。"你跟我一起去吧。"他咧开嘴笑着。"我下午还有课，我作业还没写完，我……"我还是有些怕……我钱真没有多少。

"给你介绍漂亮妹子。"他一脸天下我有的表情。"好。我陪你去。"我一脸慷慨就义的表情。

于是我人生中第一次逃课就出现了。

2

我那天付了钱，心疼得恨不得林木就这么脚断了，可关键还没有漂亮妹子。"谢谢你啊，兄弟。"林木那天蹦蹦跳跳地回家。我一脸悲愤。第一次送人回家，居然是这副德行。

回家我就挨揍了。

我爸问我去哪了，我说做好事去了，他问什么好事，我说我帮助了一个社会小青年。话还没说完，我爸就打我打得更起劲了。我一脸委屈，哭着把今天的遭遇写进了日记里，我真的见义勇为去了，绝对不是因为漂亮妹子。

第二天我爸拽过我又揍了我一回，我也就没再写过日记了。

3

跟着林木我觉得挺有意思，他是我们学校的风云人物，到哪都认识人。我有时候在想，是不是他每天不上课专门去认识人？那个时候我正在学抽烟。"大老爷们你烟都不会抽，你有个屁用。"说这话的时候，他正叼着一根红塔山。

我一副上战场的样子，他从嘴里取下那根燃到一半的红塔山，递给我。我接过来猛吸一口，直接往肚里吞，呛得我满眼泪水，一瞬间我觉得我没有屁管用。

他哈哈大笑，然后在我想要杀人的目光中，他停止了哈哈大笑。

但还是有哈哈大笑的人。

我和他满脸惊恐地转过头，教导主任的光头分外明亮，像夜空中最亮的星。

在抄第78遍中学生日常行为规范的时候，我恨不得把林木煮来吃了。很多年后，每一次戒烟戒得我丧心病狂的时候，我都恨不得把林木煮来吃了，但看他一副瘦骨嶙峋的样子，我又失去了煮他吃的欲望，炒着吃可能好点。

4

那时候我经常帮他收情书，这让我很受伤。难道天下的姑娘都是这么主动吗？但每次我看到那些主动的姑娘的样子，我就释怀了。

这些姑娘长得都很爷们儿。

漂亮的姑娘不主动，就像刘熙一样，我认识刘熙是因为原来一起受过好学生的表彰，刘熙认识我是因为后来老师常常拿我当反面教材。

"千万别学2班陈爽。"这是那段时间的流行语。

林木说他喜欢刘熙，不对，深爱刘熙，我斜眼看着他，哼着《亲爱的那不是爱情》。

他说想去找刘熙，又不敢。我开始唱出来："你说过牵了手就算约定……"林木把烟头弹出去，"别唱了，跑调了。"

烟头正好弹在教导主任的光头上。

于是我们撒腿便跑，跑进了教室还是被揪了出来。

后来刘熙也认识了林木，因为通报批评的时候他站在我身边嬉皮笑脸，我满脸羞愧。

说好的完美邂逅呢？

5

林木让我帮忙写封情书给刘熙，我正在抱着一本小说看得起劲。"爽子，兄弟一场你可不能不帮我。"林木满脸诚恳。"滚。"我言简意赅地说道。"两包白沙。"他仍然很诚恳。"兄弟的事就是我的事。"我也满脸诚恳。

我帮他去问那个长得很爷们儿的姑娘要那种好看的纸。

挥毫泼墨，奋笔疾书，当年我也曾是语文课代表。

中午吃饭，我大义凛然地去找刘熙，结果她们班都觉得是我要追她。

她满脸通红，我嬉皮笑脸地说："不是我追你，是我兄弟。"

傍晚放学路上，我和林木走在一起，抬眼便看到刘熙骑着一辆自行车，裙衫飞扬。好漂亮，我心里想着。"像这种穿裙子骑车容易走光。"我嘴上说着。

林木忽然慌了，就算被人揍的时候也没这么惊慌，因为刘熙车速放慢好像要停下来。

林木一溜烟儿地跑不见了。

不讲义气。我啐了一口。刘熙将那封信递给我，不说话，低着头，刘海儿像云缎一样整齐。

这是要拒绝了？我心里想道。活该，谁让你怂。我倒是有点开心。

"这……"刘熙声音软糯，轻声开口。"没事，你说。"我大男子气概爆表，因为被拒绝的又不是我。

"这封信上，有七个错别字。"她说完就跑了。我满脸通红，羞愧难当。林木像个打手一样气势汹汹地忽然出现。"晚上烧烤，我请。"我护住头，希望林木理智一点儿。

武力是解决不了任何问题的。

6

结果，刘熙还真和林木在一起了。

每次我遇到长得很爷们儿的姑娘她都一脸幽怨地看着我。学校抓早恋比抓什么都严格，所以我一直乐得看他俩偷偷摸摸的地下恋情，一般都是一前一后尾随着，到没人的地方亲密一会儿。

我看着头疼，因为刘熙不许林木抽烟，我没有了烟友，结果他每天在厕所外面给我站岗。

刘熙心里有大抱负。这让林木有一天兴冲冲地来找我，说他要考大学，我吓得小说都差点扔了。林木第二天一脸沮丧，他连最简单的都看不懂，但林木仍然每天都在坚持。

"你学学人家3班林木。"这成了那段时间的新流行语。

林木每天物理化学数学题海徜徉，勤奋努力。

我每天玄幻仙侠策马奔腾，也很勤奋努力。

结果他高考考得还不如我。

毕业那天下午，我心血来潮去学校点歌台点了一堆歌。"这首歌送给毕业班6班李豪同学，2班爽子送上。"我当时正和李豪在打扑克，他一愣，抬眼看我，满是感动，我心里颇为兴奋。

"我说算你狠……"悠扬的歌声传遍了每一个角落，安静祥和，李豪扑克一丢就要揍我。

我嬉笑着躲开，然后一脸严肃："这把你赔满。"

……

那天我点了很多歌，却没有给林木点，甚至我还给刘熙点了一首，也不知道她听到没有。

7

晚上林木、刘熙和我一起坐在大排档里。

"你想过你以后去哪没有？"林木语气也有点低沉。

我兴致勃勃地啃着鸡腿儿。

"我和阿熙去一个城市，你也一起来吧。"林木语气依旧低沉。

我依旧兴致勃勃地啃着鸡腿儿。

"我读专科，学门手艺，你俩可以读一个学校。"林木似乎还不能接受自己的成绩。

我兴致勃勃地啃着鸡爪。

"别噎着。"刘熙递过来一罐啤酒，我"咕咚咕咚"直接吹了。

"哟，这不是林木吗？"一个阴阳怪气的熟悉声音传来，我扭头一看，原来是那个小黄毛，但他现在已经不是那样的了，变成了红毛。依旧是杀马特爆炸等离子烫，头发比头都大，身边是那个长得很爷们儿的姑娘。

林木笑笑没说话。

"娟啊，就这人也值得你那么念念不忘？"小红毛不屑地转头，那个叫娟的长得很爷们儿的姑娘一脸幽怨地看着林木。我觉得林木在择偶这方面还是很聪明的。小红毛继续阴阳怪气："有这么好的妹子还缠着娟干啥？"那个长得很爷们儿的姑娘一脸惊恐，似乎谎言被戳穿了。

林木扭头看了一眼淡定的刘熙，对我说道："要不你带熙儿先走？"我呸了一口，轻声说道："打虎亲兄弟，上阵父子兵。"主要害怕小红毛听见，我真没打过架。

林木一愣，满是感动地看着我："你不要叫我爸爸，我不是你爸爸。"

那一瞬间我想把我啃过的鸡爪塞进他白色衬衫里。我那天穿着木履，有些像日本武士，当然也只有我自己这么觉得，可能一个喝酒上脸满脸通红的人打起架来更有威慑力。

我拎着酒瓶哐当哐当地走过去，一酒瓶就给小红毛开了瓢，他们那边一共五个人，除开抱着头的小红毛，算上长得很爷们儿的姑娘还有四人。

林木看得呆了，有些害怕，拉着我就跑。这个学生打架讲究个气势，你弱他就强，那边一看我们准备跑，本来很弱的气势一下子就高涨了。

事实证明，穿木履跑不快，至少没有穿帆布鞋的跑得快。

于是我们三个在毕业这天一起挨了打。

刘熙还好毕竟是个姑娘，那伙子人还是没下得去手，于是我和林木就挨得惨了。回家后我爸一看我脑袋上缠个纱布，问我怎么了。我说我做好事去了，他问啥好事，我说我帮一个社会小青年挨了打……然后我就又被揍了，而且还不敢躲。

8

大学的日子索然无味。每天除了睡觉和吃饭我就没有特别期待的时候，刘熙在英语系，我在工程系。有时候想想这么小的学校怎么一回都遇不到呢。后来觉得可能是我不爱下床，根本不想出去了。

林木每周都来找刘熙，顺带着我也可以蹭顿干锅或者火锅吃，每次都是林木抢着付钱。他说他在学校也做点事情，有些钱拿。我心里想着你要是传销性微商我就弄死你。

刘熙还是一副很有抱负的样子，每天去图书馆，当然这也是吃饭的时候闲聊说的。

林木一脸可惜："高考没考好。"我一脸不屑："大学没看小说的激情了。"

刘熙咯咯直笑。

林木有次问我："你咋也不去找个姑娘？你喜欢我？"刘熙在一旁起哄："爽子喜欢你，我就退出。"我撇撇嘴："这鸡翅膀真难吃。"然后用一种看二傻子的眼神看看林木，轻声说道："也不是没谈过，人家嫌弃有啥法？"

吃完饭后一般我们会选择去开房打扑克，一般是我玩一会儿就回去。直到一回我喝多了，半夜醒来还在宾馆。隔壁的声音一直没断过……我大吃一惊，难不成我每次走后都这样？一男一女共处一室……一定是打架了。

9

直到有一天林木找到我。

"糟了爽子。"他还没进我寝室门就那么吼道。

我正在打游戏热血沸腾的，听到林木的喊声我直接操起一板凳特别剽悍："谁打你？"林木进来一脸羞愧，问我借钱。我满脸警惕，小心翼翼地说道："咋啦？"

他摇摇头。

我一脸恨铁不成钢："说啊！"

他忽然抬起头，我有种不好的预感，天地良心，我对林木只有兄弟之情，没有其他感情，原来是他把人家肚子搞大了。

我半天不说话。

开口第一句，我说："刘熙大肚子不好看。"他就要揍我。

然后他说不是刘熙，我就要揍他。

林木怎么可以这样？我当时在心里反复怒吼……居然不带套？我当

时就估计人类最伟大的发明应该就是谋杀了无数生命的乳胶。

我和他一起去的医院，那是个浓妆艳抹的姑娘，眼影浓得我都不知道说啥好，真是一个富二代，都不心疼化妆品。

林木惴惴不安，那姑娘出来的时候妆都花了。

因为没钱，我吃了一个月老干妈和食堂的米饭，每次遇到我们班同学，大家都以为这是什么新的保健方法，结果全班那段时间都在吃米饭。

10

转眼大三就要找工作实习，我还是没有女朋友，工作倒是家里给安排了。那是第一次觉得老揍我的爸爸如此可爱，大学生找工作会疯的，特别是女朋友又不懂事的时候。

林木和刘熙就是那时候搬出去的。

一个套间的单间，也算干净。

刘熙的行李几乎全是书，我和林木搬了老多趟，累得像死狗一样，我心里想着这是要做多少次大保健才能滋润回来啊。然后刘熙准备出国留学，我还是第一次知道原来这姑娘家里挺富裕的。林木还是这边做点啥，那边倒腾点啥。

两人倒还算稳定。

我去他家玩的时候，刘熙和林木完全不拿我当灯泡，腻歪得不像话。

"我是你的什么……"

"你是我的优乐美啊……"

"原来我是奶茶啊……"

"这样我就可以泡你了啊……"

然后就扑通扑通两声。

林木被踹下了沙发，我笑得从凳子上跌下去。

恋爱中的段子手，单身时的矫情狗。

没多久我就去工作了，偶尔从社交软件看到他俩秀恩爱。一定要好好的。我心里想着。"秀恩爱死得快。"我嘴上说着。

直到那天林木忽然给我打电话："爽子，我要求婚了。"

我心里一震，没想到这么快，红包在微笑。

他叽叽喳喳计划了不少，我静静听着，也不嫌电话费贵。第二天他给我邮箱发了一段求婚誓词，让我帮忙改改，我偷偷摸摸地在上班时间修改。不能再出现错别字，我恶狠狠地想到，然后被主管发现了我上班没干正经事，扣了50块钱。礼钱少50，我心里盘算着。

11

结果他第二天打电话跟我说要我过去一趟，他哭过。我马上请假离开，心里还高兴，不愧是亲哥们，主管能少看一眼我会长寿一点。

林木和刘熙分手了。

我嘴上一直笑，心里笑不出来，在他们的出租屋内，刘熙的书还在，人不见了。我陪林木去喝酒。

他一瓶一瓶不歇息。

我一阵头疼，照这速度下去，只怕晚上很麻烦。

"很平静的，她要和我分手。"林木喃喃自语。没有吵架的分手是挽回不了的，只是可惜了那些恋爱时的好段子。

林木从兜里摸出钻戒，随手一扔，肆意潇洒。

不行我要偷偷捡回来，多贵啊，然后他让我陪他去KTV吼两嗓子。

"十年之后，我们是朋友，还可以问候。"

"只是那种温柔，再也找不到拥抱的理由。"

"情人最后难免沦为朋友。"

他吼完就倒头大睡，我叹了口气，这么多年还是跑调。

我拨了刘熙的电话："喂，刘熙啊，我爽子。"

"嗯。"

一阵沉默。

"那啥，我不好说，林木喝多了。"

"唉。"

刘熙叹了口气，看来她对林木的酒量还是不满意。

半小时后，刘熙到了，面容憔悴，眉目通红。

"我想唱首歌。"刘熙愣了一下，直接点歌。

"那时候的爱情，为什么就能那样简单。"

"而又是为什么，人年少时，一定要让深爱的人受伤。"

……

我忽然想给林木一耳光，长这么漂亮这么好一姑娘，关键还跑调。

天作之合竟然不珍惜。

12

俩人还是没有和好，也只有我知道，林木的钻戒一直戴在刘熙的手上。我和林木见得越来越少。每次见面他都有变化，换新车了，身边姑娘又漂亮了。

只是他一直没结婚。

我那年包的红包也一直没有送出去，从上扬的物价来说我是赚的，反正就那么多。

林木天生有一股倒腾劲儿，终于风生水起，但人却日渐消瘦。

直到接到刘熙的请柬。

那天。

林木打扮得人模狗样的，我倒是穿个仔裤白T就准备去了。我在他身边像个跟班似的。

"你见过哪家阔少不是你这样？哪家保镖不是我这样？"我一听也就释怀了。刘熙挨桌和我们打招呼，我们和一桌老同学坐在一起。

气氛活跃，但谁都懂。

这个时候的林木笑得跟花朵似的，挨个敬酒，颇有一醉方休的架势。

"这是我丈夫。"刘熙的声音忽然响起来。全场先是不约而同地看了林木一眼，然后不约而同地大声赞叹刘熙的对象。这咖喱真好吃。我低着头。

敬酒完毕，刘熙的新婚丈夫先到了下一桌。

刘熙欲言又止，所幸大家都是明白人。

"李姐，姚明昨儿比赛你看了吗？"

"看了，真的是，姚明去了巴萨简直不得了。"

"张哥，你说股市现在要崩了吧？"

"嘿你还别说，还有些冒头的好股。"

"何妹妹，等会儿陪我出去散个步怎么样？"

"哎哟你个老流氓，当年就对我们何妹妹念念不忘。"

……

热闹非凡。

林木忽然哑口，面对着别人的滔滔不绝，像个怯场的孩子。刘熙忽然从手上的中指取过一枚钻戒，递给林木。林木看看我，又看看刘熙，满脸震惊，他一直以为这枚钻戒被她丢了。

刘熙转身，朝着她丈夫奔去。

林木泪流满面。

我还是觉得这咖喱好吃，这桌安静了下来，猛然谁的手机铃声响起。

"我的请帖是你的喜帖，你邀我举杯我只能回敬我的崩溃。"

"在场的都知道，你我曾那么好。"

……

所有人都吃得很少，只有我吃了六人份的咖喱。

<h1 style="text-align:center">13</h1>

我陪着林木出来过后，他倒是沉闷着抽了不少烟，我也一样。

烟是好烟。

"这烟好抽吗？"他笑着问道。

"贵么？"

"贵。"

"那就是好抽。"

他把剩下了大半包的烟丢给了我。"没红塔山好抽。"我轻声说道。

他忽然哈哈大笑，没有等我就向停车场走去。我急了，他这样还不出事？关键的是我住处离这挺远的。

又过了几年。

我再没见过刘熙，林木依旧风生水起，只是我红包一直送不出去。

"难得遇到那么些年没有嫌弃我的姑娘。"这是我结婚的时候他给我打电话说的。

人没来。

刘熙来了，似乎找了好久，没找到也就作罢。

刘熙问我怎么追到的我姑娘，我轻声笑道："我写了一封情书。"
我姑娘哈哈一笑："你还好意思说，好多错别字呢。"在场所有人都笑
了，笑得我想挨个揍他们，刘熙本来在笑，却忽然哭了，泪水涟涟地
跑开。

　　所有人都莫名其妙，我倒是微微一笑。

　　不过我姑娘轻轻在我耳边说道："哟，就你懂啊，这姑娘谁啊？"

　　我笑着，坚定地拉住了姑娘的手，满是汗，挺遗憾的。

14

　　你像红尘掠过一样沉重。

⋮

我喜欢着很多人，
　我只深爱着你

⋮

我喜欢着很多人，我只深爱着你

1

阿喜是一个程序员，拿着高工资却需要每天工作十多个小时。

这和许许多多的程序员哥们儿一样。

但是他有个热爱户外运动的女朋友。

所以他常常纠结一件事情，那就是好不容易他有空了，他姑娘经常拉着他去爬山啊啥的。

"我可是快要200斤的人。"他常常这样说。

两人吵架大多就是因为他懒得参与那些活动。

半年后再见他，却是一身让大姑娘小媳妇都流口水的模特身材，直接进入男神阶段。

"阿喜，你这吃错药了？爱情力量这么伟大？"

"哈哈哈哈哈，这有啥。"

"你姑娘呢？怎么不见她？分了？"

"……"

"也是你这家伙，变帅了花花肠子多了起来，都是男人我理解。"

"她前些日子登山出了意外，去世了。两个月我瘦了60斤。"

"对不起。"

"没啥，她以前常常说胖子是潜力股，以前不怎么信，我现在知道了。"

2

我们家外面几步路一个拐角有一个修鞋匠。

他天生有残疾，并不能直立行走，而是靠着双手支撑，一年三百六十五天，鲜少有不出去摆摊的时候。

他在我们这一带很有名气，他没钱租店面，可有关部门也是很通情达理地特许他在这里继续摆摊。

有时候家里有些鞋子需要补补啥的，就直接去他那里，我挺佩服他，自食其力。

"你这么大岁数就没想过姑娘？"我一直很好奇这个，有一次我终于问出来了。

"嘿嘿嘿。"他一脸憨笑。

"就没什么中意的喜欢的？"我不甘心。

"嘿嘿嘿。"他还是一脸憨笑。

"你喜欢男人？"我恼羞成怒。

"怎么会，其实我就希望有人可以给我做做饭就成了。"他沉默半晌然后说道，"以前对面那里有个姑娘心肠很好，收我很少的钱，给我做吃的。"

我一脸震惊，瞧着这哥们经过风吹日晒格外刚毅的脸，也有这种少男情结？

"后来呢？"

他摇摇头叹口气："那姑娘好像没有在那里做了。"

我扭头看去，对面的超市已经变成了捷安特专卖店，也就个把月的时间。

恍如隔世。

当然，更多的是对于他而言。

3

我认识的一姐们要结婚了。

本来是件好事，但那男人是二婚，老婆因病去世了，比她大二十岁。她模样不差，家里也不愁钱，正值花样年华，自然受到了几乎所有人的反对。

我也不怎么能想得通，但是我一直觉得感情的事情外人不便开口，毕竟你非局中人，哪有什么资格？

前些日子我在公园遛狗，正巧遇到他们在河边散步。

于是我就觉得很纠结，我该叫这男人什么？叔叔？大哥？反正叫他老弟肯定会挨揍。

"叫老何就行。"他一脸爽朗，虽说年纪比我们大不少，但是精神状态看上去极好，显得年轻。"你们聊两句吧，我先走走。"老何笑了笑，成熟而有气度。

"人是不错，你们想必也吃了不少苦头……"我话音刚落，那姐们儿展颜一笑，轻轻摆弄着手上的玉镯子，说道："好看吧？他前妻的。"

我本想赞叹两句话到嘴边又弃了，不开口。她笑着说道："那天我爸妈吵架，我去酒吧喝了不少酒，出来给他打电话，他照顾了我一晚上。"

我呵呵笑道："万一这是他的手段呢？毕竟多吃了那么多年饭对吧？"

她笑着说道："他到现在没有碰过我，虽然有几次我真的想给他。"

这人不是性冷淡或者是那方面有问题吧？当然是我自己这么想并没有开口说出来。

"因为我和他恋爱的时候说过，没结婚之前的上床我不能接受，虽然现在我能接受了，但他还记着呢。"她忽然傻笑起来，幸福甜蜜。

和他俩告别，我猛然记起谁说的那句话，能记住自己给姑娘的承诺，才是一个男人。

爱，因为年龄而搁浅，只是一个错。

祝牵手到白头。

4

他在高考的时候问了她的志愿，然后改了志愿去了同一个学校。

那个时候他是那一届录取的第三高分，而她恰好上线。

她在考研的时候拼命学习，终于考上了同一个学校，而那个时候，他是保研的。

两人在研二的时候领了证没办婚礼。

她准备做访问学者然后读博，他却意外地得到至亲病重的消息，一番权衡过后他回到家乡开始创业，主要是养殖业。

她跟着他回去，放弃学业。

十指不沾阳春水的她毫无怨言，脏苦累也没说过半分。他一边照料至亲一边东奔西跑拉设备学管理跑货源。

那时忙的一周都见不到一次。

后来至亲病情稳定，生意日渐做大，他春风得意起来，三十出头的年纪，气质沉稳，谈吐不凡，谦逊有度，事业小成。她却因为常年和牲畜污秽打交道不复双十年华婀娜多姿。

但是他却鲜少出现在烟柳之地，很早回家。

他三十五岁，她三十二岁，带着七岁的孩子补办了婚礼。

彼时众好友调侃："你看你现在条件这么好，怎么不换个年轻漂亮的呢？"

他举酒杯的手稍一停顿，缓缓说道："我条件最不好的时候，恰好是她条件最好的时候，她那个时候跟了我回来，我才踏实，现在也一样，她在我身边，我才踏实。"

她在他旁边，微微含笑，一如最初他在大学刚进校的时候她出现在满脸震惊的自己身边，微微含笑。

全场沉默，半晌后掌声雷动。

5

你是散落在森林的阳光。

喜欢着松树，喜欢着草丛，喜欢着灌木，深爱着阳光。

你是停留于花圃的蝴蝶。

喜欢着牡丹，喜欢着月季，喜欢着蔷薇，深爱着蝴蝶。

你是吹拂过海洋的清风。

喜欢着礁石，喜欢着潮汐，喜欢着珊瑚，深爱着清风。

这些我都知道。

可我并不知道我一生中会写多少诗，会念多少字，

会喜欢多少美好的姑娘和潇洒的故事。

就好比你也不知道，

你对于我来说就像是一出戏剧。

担心令人惋惜的结局。

我喜欢着很多人，我只深爱着你。

文字八万个，情字最杀人

1

以前我在湖南遇到过一个姐们，是一个音乐老师。彼时她正和男友吵架，一气之下坐上了火车也不知道要去哪里。

我看着她坐我对面始终黑着一张脸，没敢搭讪。一路上她的手机不停在响，但她一直没有接，然后她拿出一个充电宝给手机充电。

"你为啥不接电话？"我有点不舒服，她铃声不小，我睡眠又着实有些浅。

她瞅瞅我，也觉得有些不好意思，终于接起电话。

河东狮吼。

"你说啊，你怎么不说了，你昨晚上不是挺能说的吗，我告诉你林浩，离开你我照样活得好……"然后她摔了电话就开始哭，挺伤心的。

到了湘潭，我和她一起下了火车。

"薇薇我错了。"一个声音乍然响起。

我抬头看去，一个男生满眼血丝，头发凌乱，局促不安地站在那里。

那女生笑靥如花，飞奔扑进他的怀里。

2

我宿舍楼下有个修鞋的老大爷，手艺算不上登峰造极但也不是滥竽充数。

有次打球把鞋踢开口了，我坐在那里看着他补鞋。

他始终笑眯眯的，我心里不怎么舒坦，对他若有似无地找话说也避而不谈没有理会。

"老头子，吃饭了。"一个声音传来。

我扭头看去，白发苍苍的一个老太太，手里提着饭盒子，正站在门口，我猛然觉得想笑，这老太太头上居然戴着一朵花，看起来有点怪异。

提上鞋付完钱正准备走出门，就听见老大爷对着老太太说道：

"你这花自己摘的？"

"嗯，好不好看？"

"好看，你真漂亮。"

3

身边一大学同学和女朋友分分合合十多次。这姐们儿因为性格问题不怎么受我们一群小伙伴待见，而他们分分合合的时候往往说分手也是她，说复合也是她。

有次和他一起去食堂打饭，说及此处我骂他犯贱，他一脸微笑。

我组织了一下语言然后说道："那啥，我们几个都觉得她不好，性格不好。"想来背后说别人坏话的勾当我也做得少，小心翼翼委婉再三。

他不开口。

良久之后他忽然说道："我知道我犯贱，可是我就是喜欢她啊。"

我瞥了他一眼，一脸坚定严肃，就好像游戏里开黑打团一样。

不，那姑娘一个电话他就能马上撂下游戏，我经常因为这个事骂他。

4

有外系一姑娘狂追隔壁寝室一哥们，我们都挺心疼。

因为隔壁寝室那浑蛋外号叫作"姑娘收割机"，同时脚踏几条船那种，纯一浪荡货。

有天我看到他们两个站在楼下说着什么，那姑娘涨红了脸就要哭出来了的样子。

我和他一起上楼轻声说道："咋了？"

他吓了一句："我叫她别来找我了。"

我一脸震惊："你这是……浪子要回头了啊？"

他沉默半晌，轻声说道："人家恋爱都没有谈过，我咋好意思让她初恋就这副德行？"

我哈哈一笑："走，晚上去喝酒。"

5

我最好的女生朋友以前喜欢一个男生很多年，她说过一句话我印象极深，"后来我觉得不戴眼镜的男生就根本不能看"。

她最喜欢的歌是Twins的《死性不改》："人天生根本都不可以爱死身边的一个，无奈你最够刺激我，凡事也治倒我，几多黑心的教唆，我亦挨得过，来煽风，来点火，就击倒我么……"

一度让我感慨，人生如歌。

6

总有人让你奋不顾身，总有人为你赴汤蹈火。

愿不再错过。

身骑白马的胖子

1

每一个人的成长经历里面，都会有一个胖子。我和他们不一样，我的成长经历里面，有一群胖子，这些胖子风情万种地出现在我的生活里，闪闪发光。

我这样的追风少年的求学生涯应该也是让人满脸担忧的，就比如我高中读了三个学校。

而秦许，就是在我所就读的第二个高中学校里遇到的。那时候我坐在讲桌左边，他坐在讲桌右边。我坐在讲桌左边的原因是因为我老爱影响他人听课，当然这是老师给出的理由，其实我觉得这种事情应该是你情我愿互相影响的，但我不敢去揍老师一顿让她屈服。

所以也一直用好男不跟女斗的观念来让自己屈服，于是我就只能和讲桌右边的秦许聊天，往往聊天的讯号就是我满脸羡慕地说道："秦许，你妈是怎么把你养得这么丰腴的？"

然后就是他瞪我一眼，却只能让我嘻嘻笑起来。

接着就是一声怒吼："陈爽，秦许，你们俩给我出去罚站。"

气吞万里山河。

我觉得很无辜，因为我们还没有开始聊天呢。但我又觉得值得，因为出去罚站可以聊整节课，只是秦许一脸愤懑与哀怨。我也理解他心中的血海深仇，义愤填膺地说道："这个老师也忒不分青红皂白了。"

秦许继续一脸愤懑和哀怨，用看白痴的眼神看着我，说道："我只是讨厌站着。"

2

秦许是第一个对我系统地描述胖子这个群体的胖子，我们花了一下午时间来讨论，坐着研究了两节课，站着研究了一节课，虽然又被叫出去罚站，但外界的迫害耽误不了我那颗熊熊燃烧的科学之心。

那天回到寝室，我马上就将下午和秦许的研究结果细细回想，当然，是在看了四章小说抽了三支烟吃了一桶泡面过后。

胖子很和善，因为他们长得慈眉善目。

胖子很重视朋友，因为觉得来之不易。

胖子很温柔，因为他们懒得暴躁。

胖子很专注，因为他们小眼聚光。

想到这里我为了反驳这条优点，冥思苦想，然后我放弃了，因为我觉得好像是真的。其实，大多数胖子羡慕瘦子，而瘦子又总是羡慕胖子，天地良心，我为了增胖有时候是绞尽脑汁费尽心思，而最终在尝过各种方法以后将其归结于基因问题。

我从认识秦许就不觉得他温柔，相反，我觉得他异常暴躁。因为刚开始还处在人生初见阶段的时候，他说过这样一句话："兄弟啊，这个天气一热啊，胖子就特别容易暴躁。"

那天很热，你想想，一个半生不熟的胖子忽然笑眯眯地这么对你说话，导致我心惊胆战。一下午专心听课，手机都不敢玩。

但是胖子很重视感情这是真的，当然，也除了秦许。今天班主任问他为什么上课说话，他居然说是我不停地找他说话，他教育我要好好听课。明天要去跟他一决生死，我打定主意后闭眼睡觉。

3

我每周要陪着秦许逃体育课，这种课对他来说简直是梦魇，而我又觉得四十五分钟的篮球打着没劲，于是我们就经常在宿舍后面的空地抽烟，顺便考虑中午吃什么。

上学期间有两个难题：中午吃什么，晚上吃什么。

显然秦许在这方面非常有主见，于是我们中午去食堂二楼吃蒸菜，顺便还可以看看姑娘。

其实我觉得一个胖子最大的优点是排队。站在那里，霸道无双，我就站在他的影子里，为自己发现这个优点而高兴，然而我还是小看秦许了，他居然要插队。

我一把拉住他，满脸诚恳："大哥你这么大一体积，插队太明显了。"

他满脸不屑："我不在乎。"我满脸正义感："你凭啥不在乎？"秦许一扬眉毛，小眼出神，沉声说道："我没素质。"好吧我承认，我一直以为我这样的才可以不要脸，没想到我能遇到秦许这种肆意践踏脸皮的人。

他话一说完，我还没搭腔，后面一个姑娘就扑哧一笑。我扭过头，这姑娘正眉眼弯弯地看着我，一脸笑意。后来知道，姑娘叫谭倩。

我回过头来看着一脸严肃的秦许，轻声说道："胖子太有心机了。"

居然还有这样勾搭姑娘的。

我心里一阵委屈，亏我还是走南闯北自诩为追风少年的奇男子，居然在吸引姑娘注意力这方面败给了这样一个胖子。我很受伤，于是那天中午刷的秦许的饭卡。

结果谭倩主动坐到了我们身边，吓得我差点被南瓜烫死。我一脸幽怨地看着秦许，默默地将这南瓜的账算到了他的身上。

4

秦许低着头不说话，倒是谭倩主动开腔："你们这个好吃吗？"我心里想着这句话不应该是我来接。于是默默吃南瓜，吃之前要吹一下。谁知道胖子这个时候怂了不说话，谭倩似乎没有想到面前这俩人居然都没有搭理她。

可能有点新奇。

她继续说道："你们怎么不理我？"

事实证明，食、色，性也。

我和秦许本来埋着头，同时抬起来，一时间又觉得尴尬。谭倩再次咯咯笑了起来："你们俩真好玩。"

事实证明，秦许是个有心机的胖子。

他挠挠头一脸憨厚，指着我说道："我很害羞，他很好玩。"

我呸，这个时候我发现一个道理，无论在哪里，哥们都是拿来逗女孩子开心的道具。

但无论如何我们就这样和谭倩认识了，她是我们的学姐。初见的时候不觉得，但随即好像在哪里都看得到她的影子。

校文娱部部长，宣传部副部长，还是学校广播站的成员，她是那种有很大气场的姑娘。按照我往常的理解，这种姑娘不是应该宛若白天鹅一般高高在上吗？怎么感觉那么平易近人呢？秦许说是因为他长得帅，我仿佛从他身上看到了林木不要脸的样子，叹息一句："物以类聚，人以群分。"

果然我走到哪里都是和这么不要脸的人在一起。

我点点头，满脸真诚："你岂止是长得帅，你简直就是胖子界的吴彦祖。"

他先是极酷地点点头，然后他一巴掌拍到我后脑勺上。我要跟他拼命，不带这么欺负人的，莫名其妙。

"首先，我是微胖；然后，这种实话不要乱说。"我捂着脑袋，然后看看面前这个微胖的200斤上下的美男子，忽然很想哭一场。

5

谭倩是那种神龙见首不见尾的人物，但我这么一打听，原来她挺有名的。

有一天，我和秦许在校外的台球厅打斯诺克。

他嘲笑我居然不知道谭倩，秦许"啪"的一出杆，红球漂亮地进入了中库。

"你以为我不知道？"我满脸惊愕地看着他又进了黑球。怎么可以这样，再这样下去我就输了。

"陈爽，秦许。"一个声音传来。谭倩跑了过来，后面跟着一个气喘吁吁的男生。"倩姐好。"我扭头古怪地看了一眼追着谭倩的那个男生。这男生和我打过篮球，是谭倩那一届的，是我们的学长，满脸讨好的表情。

"倩倩，这是谁啊？也不给我介绍一下。"

谭倩满脸厌恶地看了一眼那男生。

"叫你滚啊，沈策，我不想看到你。"然后她转过头，脸上带着灿烂的笑容，"教我打球好不好？秦许。"

和川剧变脸似的。

秦许一愣，直起身子，其实我很想告诉他你直不直身子横截面积都是一样的。

沈策的表情像个调色盘似的阴晴不定，就在这个时候谭倩忽然又加了一点儿撒娇的意味，"好不好嘛？"

秦许挠挠脑袋，憨厚地笑笑。沈策忽然怨恨地看了秦许一眼，然后扭头便走。我眯着眼睛，没有说话。沈策一走，谭倩的表情又马上耷拉下来，这川剧变脸俨然已经是大宗师级别的了。

"谢谢你，秦许。我先回去了。"谭倩沉默半晌，率先说道。

秦许憨厚依旧。

我一脸为秦许不平。

"她是在拉你当挡箭牌。"

"我愿意的。"秦许突然严肃的脸，又是一杆红球准确地击打在底库。

结果那天我真的输了，心里有些不舒服，主要原因应该是我输球了而不是因为秦许的态度。

6

第二天。

秦许看上去心情极好，欢天喜地还主动回答了一个数学问题，以至于我听到了原来学校老师说林木的话："你学学人家秦许。"我点点头："嗯，胖子回头金不换。"

全班哄然大笑。

结果是我一个人在外面罚站。你别说，一个人的罚站比两个人的罚站无聊很多，就在我准备去找秦许泄愤的时候，就在秦许一脸嬉笑地看着我的时候，一个板凳直接扔到了我们面前。

"哐当"一声，把我和秦许吓了一大跳，扭头一看，我就想跑。

沈策带了一群人来堵我们。

原来这种校风优良声名在外的学校也是需要两件事情来填补的，揍别人和挨揍，我一脸悲愤，脸上一副觉得今天真是衰到家了的表情。

沈策明显就是来发泄的，一言不吭大打出手，其实我觉得大打出手有种针锋相对的感觉，但实际上那天是我们挨打，好在秦许皮糙肉厚。于是我又发现了胖子的一个优点：防御力超好。只是脸上的耳光印比一般人明显，看不出来是不是肿了，就在一群法师武士利用"法术伤害"技能攻击得正起劲的时候……

谭倩出现了。

"沈策你在干吗？"这句粗口简直让我刮目相看，因为我想起了原来叱咤风云的何苗大小姐。

沈策他们打得更起劲了，你难道不知道男生这种物种在异性关注的情况下会变得更有攻击性吗？但我不能说，因为有人又踹了我一脚。

谭倩急了，想过来拉。

结果挨了一下。

然后在全场刹那的安静下，秦许一声震天动地的咆哮："我咒你全家。"

无双猛将！

我目瞪口呆，心里寻思着是不是该回到原来学校向被我嘲笑欺负过的胖子道个歉。现在秦许的表现让我知道了一个道理，非常重要：胖子猛如虎！

结果是那天秦许一个人直接把全部人赶跑了，谭倩目瞪口呆，我目瞪口呆，就连秦许自己都吓坏了。

7

后来在医务室里，谭倩一脸歉意地看着身上遍遍有血污的秦许，秦许咧着嘴。我寻思着这笑声怎么这么恐怖，就听到胖子呻吟道："爽子你过来看看，我是不是脚踝扭了？"

我差点没笑出声来。

标准的胖子一般情况下是不怎么能看到自己的脚踝的，太费劲。

谭倩就在我和秦许你骂我一声我骂你一声的和谐气氛下，说出了沈策和谭倩的故事。沈策是体育部部长，高大帅气。我撇撇嘴，我这人交朋友基本上是不看别人家境财富这种虚荣的东西的。只要没我长得好看，就可以成为我朋友。事实上，没我长得好看的，还都比我能干，沈策从很久之前追谭倩，然后在一起，然后分手。

我倒是对这种校园爱情故事无感，反倒是秦许一边咧着嘴一边津津有味地听着，也不知道他对故事感兴趣还是仅仅因为谭倩是主角。

自那以后，谭倩常常找秦许，两人一起吃饭，一起看电影，一起唱KTV，一起做很多事情。

我有时候也去。

那时候我有个惊人的发现，秦许居然是KTV那种唱反串女声的高手，他一首《新贵妃醉酒》能唱得所有人欢呼雀跃，当然不知道是嘲笑还是钦佩了。

我点烟差点把眉毛点了，心想还是个浑身艺术细胞的胖子。谭倩有很多朋友，是那种会打扮会玩的俊男美女，秦许也顺带着认识了不少人。

我倒是无所谓，但秦许确实从一个内向闷骚的胖子变成了一个外向风骚的胖子，虽然在我面前基本等同于没有变。

8

秦许那天欢天喜地地来找我："谭倩让我俩一起去参加她的毕业朋友聚会。"

我哦了一声，兴致不高，你想想，除了喝酒打牌唱K还能干什么？所以这还是很无聊的。

秦许蹦蹦跳跳地哼着歌，我差点又被烟头烫着嘴。"你能不能有一个肉球的觉悟？"我满脸要决一死战的表情。

秦许嘿嘿一笑，不跳了，继续哼。

"你能不能换个歌，这歌我听你哼大半个月了，耳朵生茧了。"我继续咆哮。原来那个小眼聚光性格和善的胖子怎么就变成这种样子的呢？我苦思冥想，最后觉得还是应该怪谭倩。

"我在学这歌。"秦许笑着说道。

我弹开烟头，翻了一个白眼。"谭倩喜欢这歌，不会，她爱唱莫文蔚的《阴天》，唱一次哭一次。"秦许一屁股坐在我身边，尘土飞扬。

我啧啧称奇，唱一次哭一次？这是病啊，得治。但我没敢说，说实话自从秦许上次打跑沈策我就觉得他要打我，何况他那么暴躁。

9

那天。

秦许把我从寝室拖出来。我想杀了他，你有看小说看到高潮部分被一个胖子像悍匪一样拉出来的感觉吗？

谭倩的朋友都来了，各个容光焕发，吃饭，喝喝喝，然后拉到KTV，喝喝喝。美酒穿肠过，我佛留心头，但我打赌如来绝对不喝十块钱一瓶的啤酒。

我和秦许窝在角落，听着各路神仙唱着他们的喜怒哀乐，你方唱罢我登台，然后就是主动去敬一圈酒，等着别人来敬你，不过歹是啤酒。

只是难得一次又一次跑去放水。

包间里灯红酒绿，欢天喜地。我还是在想我的小说，忽然我感觉秦许紧张了。

我一抬头，果然，谭倩点了《阴天》。

一晚上都安安静静喝酒的秦许站起身来，点了《身骑白马》，顶到了《阴天》前面。

我昏昏欲睡，前奏响起，我一个激灵，这不是胖子这半月天天唱天天练的歌吗？

徐佳莹的《身骑白马》。

秦许很用心，用了女生的KEY，整个包间又安静了。

"我身骑白马，走三关。

我改换素衣，回中原。

放下西凉，没人管。

我一心只想，王宝钏。"

副歌的时候，我看到秦许正在向谭倩耳语着什么，忽然全场欢呼，我一看。

门被推开，沈策抱着一大束玫瑰花走进来，显然谭倩的朋友也是认得沈策的。谭倩笑着站起身来，红扑扑的脸庞分外美丽。

"我俩和好了。"说完抱住了沈策。

笑靥如花，全场更是大声祝福。副歌结束，秦许继续唱起来。

"而你却，靠近了。

逼我们视线交错。

原地不动或向前走。

忽然在意这分钟。"

……

依然清澈，我扭头看着秦许，他盯着屏幕歌词，全神贯注，唱罢后忽然全场鼓掌。

沈策过来敬酒道歉："你唱得很好，谢谢你这段时间陪着倩倩。"

秦许憨厚地一笑："没啥，好好对倩姐。"

一口干了。

10

晚上从KTV出来。

沈策和微微有点醉的谭倩依旧如胶似漆地牵着手，勾肩搭背；我和微微有点醉的秦许也勾肩搭背，转过街角，秦许哇的一声吐了出来。

我一边拍着他的背，一边心中暗自祈祷千万不能醉倒，不然我可没力气挑战200斤。

"爽子，今天的歌好听吗？我唱那首。"他忽然说道。

我一愣，点点头，说："好听。"

他继续说道："那歌那么难啊，我练了足足半个月，一直唱一直唱，可是倩姐都没好好听完。"我可以证明，他真的练了半个月。

我一抬头，天上的月亮像一个巨大的备胎。

秦许咳了一声："你知道我在副歌准备说啥吗？"

我看着秦许的眼睛不说话，他一阵苦笑："我想说的是我喜欢你，我们在一起吧。结果还没说，沈策就进来了。"

然后他站起身，倚靠在墙上。我撇撇嘴，看着秦许的大饼脸，一阵心疼。

恨不得发誓以后善待爱护身边每一个胖子。

11

"我身骑白马，走三关。我改换素衣，回中原。"

"放下西凉，无人管。我一心只想，王宝钏。"

铁牛呀，别饿着自己，好好活着

1

我一直觉得好马配好鞍，好酒配好夜晚，好烟配好文章，好姑娘配真爷们儿。

所以我觉得给狗起名这件事情不能含糊，特别是像阿根廷杜高这种具有王者风范的大型犬。

好狗配好名。

我翻遍了字典，希望能给这条看上去憨态可掬的小家伙起一个响亮的名字。

我爸在旁边看着我忙活，深思熟虑的样子。

笼子里的它自己咬自己尾巴玩得很开心。我一脸黑线：这看上去比二哈还笨。

我爸忽然双眼冒精光，大吼一声："呔。"

吓得我和它一哆嗦。

"有了，叫铁牛！重剑无锋，大巧不工。"我爸高兴地打开茶杯啜了一口，一股燕赵北魏质朴的乡村气息迎面扑来。

然后……我就想手撕他了。

我妈在一旁玩电脑,闻言扭头:"我觉得叫乐乐多好。"我站在客厅,低头看着白色浅毛的小狗,有种想哭的冲动。

庸俗!没文化!粗鄙!我当时看我爸妈的眼神就明确地表达了这个意思。

"那好,你站那边,你用乐乐,我用铁牛,看它跟谁走。"我正想反驳,我爸直接说道。

然后我就看到小狗笨拙可爱地朝我爸跑去,似乎看到了女神逃离了天使的怀抱,去和撒旦调情一样。

好吧,你们开心就好。

我叹了口气,终于明白当初建宁公主的女儿被韦小宝命名为"板凳"的忧伤,再一看这小家伙摇头晃脑稚声清脆地应和着我爸的"铁牛",我摇摇头:小兄弟你还是太年轻啊。

那个时候,铁牛只有21天大。

2

铁牛最开始个头还很小的时候是放养的,然后这小玩意儿晚上有一个独特的爱好:来挠我门。

我就睡眼惺忪地在夜风凛凛中教育它,只穿个裤衩。

说到这里我觉得四角裤真的是一个很伟大的设计,透气又不会漏风,只是会越来越松,但是从某种意义上来说保护了自己的重要部位,并且它不会很突兀。

不好意思偏题了……

我一脸循循善诱的样子:"小兄弟啊,这个人啊,一到晚上就要睡觉,你这样打扰老子是不对的。"

它一脸萌出血的样子眼巴巴地看着我,我和它对视了十多秒,败下阵来，把它抱回笼里，然后哆哆嗦嗦爬回床，刚感叹一句："啊，好温暖啊。"

我发现它又在门口偷窥我。

于是又循环瘦弱少年只着裤衩蹲在一条小狗面前瑟瑟发抖苦口婆心的场景。人民教师真是太伟大了，这是我那段时间得出的结论。

还有就是不要心软，该揍还得揍。

事实证明，我真的是一个勤奋上进的好少年，就比如我只会炒个蛋炒饭煮个泡面，但是为了照顾铁牛的王者身份我还学会了煮狗粮。

鱼骨粉、钙片、肉、干饭、猪油、心肺以一定比例配合混煮。

只是有时候我抱着泡面看着铁牛的狗盆，有到它那里去蹭个饭算了的冲动。说也奇怪，狗护食很正常，它吃饭的时候绝对是有凶性的，也就只有我能动它正在食用的东西。

每每此时我就很欣慰，我发誓这绝对不是因为我常揍它。

3

还是"小娃娃"的时候看不出来，铁牛和一般的田园犬没啥区别，除了远超同龄人……同龄狗的体格和力量，还有食量。

我牵着它出去的时候，往往它流连于狗屎之类的东西。

我只需要轻轻一拽牵引带，它就要飞着玩一次。这样的情形大概在三四个月后荡然无存，它和我棋逢对手将遇良才，谁也拽不动谁。再到它接近一岁的时候，就变成了它遛着我玩，我以前报健身房是为了看看时尚健康的姑娘提高我的谜之审美，但实际上只有我自己清楚是为了在铁牛遛我的时候我可以挣扎一下。

它定型的体格是肩高62厘米，132斤，站起来是一堵，蜷起来是一坨。

在铁牛一个半月接近两个月的时候，我在纠结到底给不给它剪耳朵。立耳这件事情在猛犬圈子也算不得什么，只是我觉得有些残忍，而且我没有准备把铁牛拿去斗。

很久之前在刚接触斗犬的时候我就觉得让两条狗打得血肉模糊有伤天理，还写过一篇文章声讨。但是后来我想还有美国职业摔角这种表现性质的打斗呢，人性好斗哪能是我一家之辞就能决定其存在必要的？

我看不过去，不参与便罢了。

但是我爸还是悄悄去宠物医院把铁牛的耳朵剪了，回来的时候我看着它因为麻醉的关系还有些小跟跄，有些心疼，守它守到大半夜才去睡。

第二天当它把沙发啃了个角的时候。

我真心疼，这次是心疼沙发。恨不得抽死这小王八蛋，耳朵上线还没拆呢你就这样？

4

我喜欢半夜一个人在阳台抽烟，我觉得这样更能触摸黑夜的冰冷，绝对不是因为怕我爸逮着我偷偷抽烟。

没在深夜痛哭过的人不足以谈论人生。这是我在有一次被我爸逮着半夜抽烟揍个半死后得到的人生感悟，还有就是千万不要把烟头往花盆里扔。

铁牛强势入住我家后，这个画面变成了我背靠着阳台酝酿各种姿势，铁牛在我旁边坐着。我们彼此不说话，时间还是很美好的，就是有时候它会忽然来舔我脸。

那段时间刚好是某青春片横扫各大电影院线的时候。我常常在房间里用手机放着歌，看着星星。一般到这个时候，就会听到铁牛把客厅弄得稀里哗啦的声音。

小蠢货，你难道不知道悲到极致会特别想动手揉狗吗？我想后来它知道了。

原因是这样的。

它在我们家建立了一个很奇妙的平衡。我爸揉我，我揉它，它给我爸卖萌，我爸又揉我。

太极八卦三生万物。

阴阳循环环环是佛。

它大了后不再像小时候那么可爱了，变得威武豪迈，它卖不动萌揉就白揉了，自然也就不会再来挑战我的权威。

整得我那段时间想找点借口来揉它，它都不给我机会。

喂，你好歹是条狗啊。你不是圣母啊，犯点错让我揉你好不？每当我用这样含义的眼神恨铁不成钢地看着它，它就摇头晃脑一副我是乖宝宝的样子。

这是要坐地成仙了？

5

从科学角度来讲，哺乳动物靠着交配获得后代。

万古如此。

所以我就不得不面临铁牛发情的问题，夜不能寐，生怕一个不留神它就去非礼人家小母狗。

虽然杜高犬不像泰迪那样，但毕竟是自家的狗，也不能放任它去外面鬼混。

这是有连带责任的。

所以就提出了一个深刻的议题：要不要把铁牛变成小太监？

我和我爸缄默不语，因为同为雄性动物。我妈提出这个议题的时候，我爸点燃一根烟："你考虑过铁牛的想法吗？"

我一脸赞同："它悲伤，困苦，心中充满了孤独。"

"说人话。"

"它想交配。"

……

最后铁牛还是保住了它分泌雄性激素的器官，只不过待了一个多月的笼子，出门时也是我和我爸全程监督。

晚上在阳台抽烟，它呜呜轻声叫唤，我摸着它的头。月明星稀，看着当初到我家的小东西慢慢变成了庞然大物，偶尔也唏嘘不已。

有一回心血来潮想要教它抽烟，它蜷缩在房间角落。我一脸慈善的笑容，"来，乖，抽了这根烟，包你烦恼全无。"铁牛厌恶尼古丁的气味，使劲躲。

"它不抽烟，我可以抽你。"一个冷冽的声音响起。

"妈……你怎么还不睡啊……"我看着门口忽然出现的我妈，一副俏夜叉的样子，又看着铁牛迅速躲到我妈背后看着我。

我就后悔不该阻止我妈阉了它。

6

有时候我觉得铁牛浪费了杜高的血统，你有想过一条百来斤的大狗被一只猫撵得满院子跑吗？每每此时我就一脸担忧，完了，我把猛犬养成耗子了。

为了找回它的凶性，我在网上找了一系列猛犬打斗或者打猎的血腥视频，和它一起看。

"看哦，铁牛，这才是野猪终结者，这才是你阿根廷杜高犬该有的铁血本质。"我慷慨激昂。

它歪着脑袋看得很认真，目光迷离。脑袋上赫然顶着五个大字："我是哈士奇。"

我看得一阵头疼。我问我爸："你说铁牛这么胆小是为什么？"我爸思考了两分钟，"温暖的被窝是埋葬青春的坟墓。"我呆若木鸡，半晌后吐出两个字："呵呵。"

我开始用训比特咬合的方法来训铁牛，用练加纳利体能的方法来练铁牛。但后来我只发现一点，这小玩意儿就只有和其他公狗打架争小母狗的时候威风凛凛，还真是……有啥样的主人就有啥样的狗啊。

直到那一天，我带着它在傍晚遛公园，走过一条人迹罕至的小道，一条浑身脏兮兮的流浪狗忽然挡住了我的去路，一脸凶相。

这是要留下买路财吗？我有点心慌。

熟悉狗的人太明白了，一条流浪的田园犬凶猛得一塌糊涂，敢下口，体力好，剽悍。

我四下一瞧，铁牛呢？这下就更慌了，铁牛虽然胆小，但好歹个头在那里啊。

这是要上演追风少年大战野狗的戏码了吗？

我看着那条狗明显溢血竖毛的样子，掂掂手里的牵引带，罢了，大不了打狂犬疫苗吧。

……

狗兄，你别这么看着我，我害羞。

狗兄，你别过来啊，你咬我的话……信不信我也咬你？

天啊，我这是在想些什么玩意儿。

……

一阵胡思乱想过后。

"汪汪。"忽然从旁边的草丛中，传来我熟悉的叫声。

铁牛大人！从天而降！我心里踏实不少。

"呜……"一声有气无力的声音。

我：……

这是什么鬼啊？铁牛你在干吗？

7

铁牛从草丛中钻出来，威风凛凛相貌堂堂。它瞥了我一眼，然后又侧头看了看那条一脸错愕的流浪狗。

毅然决然的、满脸正气的，躲到了我的背后。我的胸口仿佛中了七百多支箭，大兄弟你是护卫犬啊！我是你的主人啊！遇到危险你让你主人挡在你面前？

我一脸悲愤地准备和流浪狗厮杀，心想着我若不死，回头得揍死铁牛这王八羔子。流浪狗朝我奔来，铁牛甚至夹着尾巴还躲开了些。我把牵引带当鞭子用，虽然并没有什么用。

第一个回合，流浪狗就在我膝盖上咬了一口。

完了，1500块没了。我看着一圈乌青的牙印，默默叹息。

"汪！"忽然一声金刚一样的吼声自背后传来，一道白色身影猛然挡在了我的面前。

铁牛一如战神阿瑞斯，天神下凡。

对面的流浪狗赫然全身毛竖起，龇牙咧嘴，凶性大发。

那是我第一次看到铁牛如此凶猛，还深刻反省了自己以为它不讲义气要逃跑的罪恶想法。

毫无悬念，压倒性的力量和咬合力，铁牛证明了虽然打架经验不足但是种族优势是天生的。片刻之间流浪狗就夹尾了，拖着鲜血淋漓的后腿跑开。

铁牛想追，我唤一声。它跑回来蹲在我身边，摇头晃尾。

"你这娃没出息，我见过打脸打喉打胸的，你打人家后腿真是太猥琐了。"半晌后我哈哈大笑，"今晚给你加个鸡腿。"

后来我时时想起，那一次大概是我最开心的被狗咬的经历。

人给不了我的安全感，一条狗能给。

8

过了一段时间我开学了，颇有些依依不舍。

但我一直觉得自己是个江湖儿女，江湖儿女哪能矫情于儿女情长，挥一挥衣袖，道一声珍重，就这样渐行渐远渐无书，于己于人都是一件很酷的事情。

但是很明显铁牛的思想境界就不高了，它咬着我的裤腿不要我走。

哎哎哎同学，你不要这样做啊，你这样做我很为难啊。我连哄带骗把它往笼子里带。

结果它就像小时候一样，我一扭头它又跑到我面前来了。我就只好蹲下来，一遍遍拍它前胸，"好狗。"

它那时候已经怒超一百斤，当它呜呜地叫着的时候，可能也就只有和它朝夕相处的我能够看出来它是在卖萌。

真是谜之萌点啊。

主要是因为不管怎么样，它看上去都有一股凛然悍气，放在旧时候也是一方大草寇。想起第一次来我家那天真无邪的小宝宝，还真是……岁月是把饲料啊。

我一狠心，将它丢到笼子里上了锁，扭头就走，猛然听到一阵牙咬铁门的声音，然后就是一阵上蹿下跳的声音。

邻居张大爷站在他家门口，啧啧称奇。

"你说铁牛笨，我还真就不信了，这简直都要成精了。"

我没有回张大爷的话，低着头快步向前走。

我怕我一回头我就会做不成洒脱的追风少年了。

嗯。

不回头。

9

那段时间在学校里心神不宁的，打电话回家我问候爸妈，我爸跟我说铁牛在我走后食欲大减。

能让一个吃货放弃食物，肯定是出现了很走心的事情，我心中是很温暖的。

嘴上说道："实在不行敲晕直接去动物医院输葡萄糖。"

"这两天又能吃了，和以前吃得一样多。"我爸继续说道。

哦，原来我在铁牛的心中，大概值七八天的正常饭量吧。我撇撇嘴。

果然铁牛兄弟也是狗中豪杰，也不知道为我来个憔悴沮丧什么的。

偶有小假回到家。

铁牛一见我就来扑我。

"大哥啊，你终于回来了。"我看到它的眼神里有着款款深情。

"滚，你多久没洗澡了？"我一脚就踹在它脑袋上。

"深秋不敢勤洗。"我爸端着个茶杯笑呵呵地说道。然后晚上它就把我书包啃烂了，我发现后它正一脸呆萌地看着我，我低头一看。

怒从心头起，恶向胆边生。

你几个意思?

我就问你，我好不容易回家一趟你把我书包咬烂了几个意思？

我就问你每一本作业都好好的你几个意思？

为什么要咬书包不啃作业本？

找抽啊。

我上前抬手欲打，气势如虹。它马上就条件反射，夹尾伏地。

算了，也不知道你身上有没有虱子。

我收拾烂摊子，灵机一动。"来，小伙子，啃两口，乖，这个很好吃。"我满脸微笑地举着作业本。

它往后缩，一副看二傻子的样子，我叹口气，这就是命。

10

放寒假的时候我回到家。

铁牛最开始是拿屁股对着我在喝水，听到开门的声音条件反射地"汪"了一声，我很有帝王相地"嗯"了一句。它的反应让我很忧伤，轻飘飘地瞟了我一眼，然后继续埋头喝水剩我在风中凌乱。

大哥，说好的久别重逢呢？说好的欢天喜地呢？这才多久不见你就变成如此冷酷无情之人……之狗了？

我捏捏手上关节，准备让它重温一下它鸡飞狗跳的童年。

赫然看到它喝水的头猛然一顿，像是想起了什么，又转过头，然后一把扑过来。我这才转怒为喜，开心地踹了它一脚，只不过对它的反射弧略有担心。

晚上我和它欢天喜地地在公园散步。傍晚冬天的公园会显得有些冷清，我很开心，不用担心它去调戏小母狗和咬着人。

我拿着手机看小说慢慢踱步，它撒着欢。

一如南海须弥山，安和宁静。

11

"这现在写小说的怎么都这样？好好写小黄书不好吗？真的是……"我自言自语道。忽然我觉得少了什么！扭头一看，铁牛呢？

我使劲眨眨眼睛，尽管我是近视眼可是度数也管够，白色的杜高应该很容易找到的，我的冷汗瞬间就汗湿了内衣。

"铁牛！铁牛！"我猛然大吼，空旷的公园里依稀听得见回声。打狗的？偷狗的？我心里瞬间就闪过无数个歇斯底里的念头，疯了一般在公园狂奔，一无所获。

"你咋还不回家？"我妈电话打了过来。"妈……我……我……"我红着眼睛，坐在河堤的台阶上，手上死死捏着牵引带。"你怎么了？声音怎么哑成这样？"我妈慵懒的声音一下子清明。

"铁……铁牛……铁牛不见了。"我一字一句，咬着下唇。

我妈一下子沉默了。"你在哪里？"半晌后我爸的声音从电话里传出来。

"河边公园。"

"等着！"

十多分钟后，我、我爸、我妈三人开始在公园找狗，一无所获。不能够啊，不科学啊。我脑子里全是糨糊。

这样的日子我从它走失十分钟，到一个钟头，到一天，到一个星期，到一个月，杳无音讯，家里想尽了一切办法，没有消息。

处在猛犬圈子的朋友都说多半凶多吉少，我把自己锁在家里，像个疯子一样。

那段时间气氛令人窒息，我常常傻不拉叽地对着空笼子自言自语。

"不就一条狗吗？至于嘛，这马上就要过年了！"来我家的堂弟说道。

我斜睨了他一眼，走上前去就是一脚，他站起身来满是愤怒，但我知道他根本不会动，他打不过我。

"对不起。"我还是意识到我的失态，他愤然离开。

我一屁股坐在地上，闭上眼回忆就像电影胶片一样。

铁牛在我身边哈着气，满满的安全感。

凡人非草木，久处乃至亲。

12

亲爱的铁牛：

我是陈爽，嗯，你大哥。

我一直觉得你就是个二傻子，你见过哪条杜高像你那么胆小？

你爱乱啃东西又挑食，调戏小母狗整得我像个吹灯唱曲儿的纨绔一样。

早知道你会离开的话，我还不如把你煮来吃了，好歹百来斤肉吃了还暖和。

嘿嘿，开玩笑呢，你才跟了我这么短的时间。

虽然你从7斤多长到了100多斤。

但你还是丑啊。

你说你丑就好好丑呗。

你还调戏什么良家母狗啊？

你讨厌我就直说，偷偷离开算个什么玩意儿！

滚！

我和姑娘分手都没流过一滴泪，你这破玩意儿凭啥让我哭！

算了。

写不下去了，越写越不想写。

最后：

别饿着。那笼子一直给你留着，我不扔。

最后的最后：

好好活着！就算是为了我。

陈爽

一个人在阳台抽烟的第37天

13

如果善良的您遇见一条杜高犬，

我希望您善待它。

说来可笑，

您不知道，

有个粗心的傻子一直把它，不，把他当弟弟看的。

好人，寥寥两个字，区区八笔画

夏夜，飞蛾在路灯旁飞来飞去，路灯伴着车流的灯光，和着凉风习习，交相辉映。

"一，二，三，开始。"三股尿柱射在堤坝上，三个男人均是面色严肃，好像这比赛尿尿就是生命中最重要的事情一样。两个姑娘坐在身后的车上，一个面红耳赤，一个却哈哈大笑："陈爽你怎么没穿内裤？"

我嘿嘿一笑，打趣身边穿得西装革履的男人："小凡，你是不是结了婚纵欲过度了？这什么水平？"

廖小凡脸色涨红："你别笑我，你早晚也有今天，小耗子你是不是偷偷练了？怎么尿那么远？"

被叫作小耗子的平头男人在我身边一脸得意："你懂啥，爷们儿当年也是顶风尿十丈的英雄好汉。"他一只袖子空空荡荡的，颇有点《神雕侠侣》里杨过的架势，神情淡然。

我念念有词："又是鸡飞狗跳的一年啊。"

夏夜的繁星如同初秋的长河，默默不语。

一片光亮。

1

小耗子全名叫王澜，他从小性子内向，不怎么爱说话，个头又小。我不知道是巷口那个修自行车整天赤裸着上身露出胸毛皮肤黑得跟泥鳅似的张三叔，还是常在院子里晾花椒那种干货随时叼一根红塔山的蒋伯伯他们谁最先喊出来的："这小子，跟个小姑娘似的，说话还脸红，像个小耗子一样。"

久而久之，小耗子也就成了王澜的小名，不至于像狗蛋铁柱那样，也算让人醒耳，指不定成了卧龙岗上那散淡煮茶却睥睨天下的主儿。这般世道，河西又河东，没个三五十年瞎眼算命挽袖摸天的道行，你能看出这些平平凡凡的小娃娃二十年后成为哪路神仙？

小孩子一辈一辈也是更迭的，比我们大小一圈的哥哥姐姐们不在院子里跑了我们就来接班。那时候我算得上这一年龄段拉帮结派的带头大哥，主要是我这娃从小就折腾，话不少，主意不少，毕竟小孩子又不像现在那样看脸……哥们儿还是很有市场的。

小耗子内向，是真内向，他爸妈离婚了，什么时候离的我不知道，反正我没见过他妈是个什么模样……可能见过，不知道那是他妈。

他爸是个客车司机，我记着是跑城镇短途的那种，后来跑长途了，常常不在家，他跟着爷爷奶奶过生活。王爷爷王奶奶这对老人也算得上有意思，老两口不像其他上了岁数的人那样静气，举手投足之间都是几十年风雨熬成的柴米油盐那般随和。老两口就跟爱好是吵架似的，经常掀得他们那栋二楼小平房鸡犬不宁，摔东西，真摔，还就是不动手，这就是值得考究了不是？这情趣想来也是少有人会玩吧。

有一次，我和廖小凡在院子里玩溜溜球，正对着图谱苦练技术。

要是能完成动画片上那些花里胡哨的动作……至少能让院子里的小姑娘们刮目相看。

然后我就听见小耗子家又开始砖瓦共鸣，接着协奏曲进入了高潮，咒骂声，器物落地的声音，还有各种我描述不出来的声音。廖小凡有点害怕，小声对我说了一句："爽子我先回去了。"扭头就跑。实在话，屁股上蛋黄还没干的小娃娃遇到这种状况，第一反应都是扭头就跑，大了些才敢去凑个热闹起个哄，再大些才是双眼一闭关我屁事。

　　一岁三变。

　　我抬起头，就看见阳台上，小耗子正撇着嘴蹲在那里，眼里有泪水打转，小脸红红的。

　　我朝他招了招手，示意他下来。他摇摇头，不作声。我听到协奏曲一时半会儿可能还没完，就对他喊道："跟我到我家去，等下他们不吵了你再回来。"

　　那时候他和我关系还没那么好，这次算得上我和他第一次说话了。

　　他犹豫了一下，我又喊道："快点啊。"

　　他咬咬牙，跑进屋，下楼，站在我面前。

　　我一把牵了他的手就往我家跑，回到家我奶奶正在做饭，看见小耗子，愣了一下。我生怕奶奶赶他走，把小耗子往身后拉，说道："王爷爷和王奶奶吵……吵架了，我叫小耗子来我家吃午饭。"

　　我奶奶微微一笑，走到我面前摸了一下我的头，又摸了一下小耗子的头，对着小耗子说道："好孩子。"

　　结果那天小耗子把我最心爱的奥特曼玩具给弄坏了……我到现在都有掐死他的心……

　　那天晚上他和我睡在我的小床上，我双眼瞪着天花板思考人生，他双眼也瞪着天花板思考人生。毕竟那时候没手机玩，长夜还是很漫漫的。

　　"爽子哥，你睡着没有？"他的声音传来。

　　"没呢！"我没好气地说道。

我的雷欧奥特曼啊，我英俊不凡身手超人能揍怪兽还能飞的雷欧啊，你死得好惨啊。我心里在哀号。

　　"爽子哥，我不是故意的。"这是他今天第七十四遍说这个话了。

　　"嗯，我知道。"这是我今天第七十四遍说这个话了。

　　"爽子哥，你说为什么大人喜欢吵架呢？每次我都好害怕。"小耗子隔了一会儿又说道。

　　"因为你不听话吧。"鬼晓得那个年纪我嘴里能说什么不走心的话。

　　"可是，可是我都没有吵着要我奶奶给我买冰激凌了啊，他们为什么还是要吵？"小耗子有了哭腔，可见这个问题绝对不是一天两天了。

　　我没有说话，因为雷欧奥特曼的夭折，我不告诉你，我就不告诉你，我偏不告诉你，我知道也不告诉你，好吧，我承认我也不知道。

　　隔了一会儿，我忽然听到哭声，一下子慌了。我小时候常常被我爸爸揍，但还就是不哭，咬牙也要受着，因为我爸说只有委屈的人才能哭，我每次都不委屈，我爸揍我我每次其实都挺服气的。

　　我狠狠地说道："不许哭。"小耗子似乎被我吓着了，就没有呜咽声，只是身体不受控制地老抽抽。

　　我伸出手摸摸他头："别怕，小耗子，乖乖睡觉。"

　　我在窗口投进来的苍白的月光中赫然看到小耗子又撇了一下嘴，隔了几秒钟才重重点头："嗯。"

2

　　从那天开始我和小耗子就熟悉了起来，我经常去他家叫他出来玩。院子里十多个同龄小孩里，我和李皎、廖小凡关系最好，李皎像个爷们儿一样，能打架能爬树，还能和男生一起玩玩具枪战，被打得嗷嗷叫的时候也不流马尿，提根斑竹棍子就敢上前揍人，除了穿得像个姑娘这姐们儿还真的不像个姐们儿。我现在想起来其实李皎长得挺漂亮的，但那时候小啊，虽然后头有些懵懵懂懂想引起女孩子注意的心思，但整天形影不离的时候哪能想到这些？

花容月貌的玉观音提了关二爷的青龙偃月刀，你怕不怕？我反正挺服的。

小耗子融入了我们的小团体，经常被我鼓动着去做些淘气事，比如用弹弓去打别人家的玻璃。巴掌大个地方，大家都认识，所以往往最后的结果就是，我在我家被我爸揍，小耗子在他家被王爷爷揍。

只是每次李皎和廖小凡去找小耗子的时候他都不出来，只有我去找，回回他都跑得很快。廖小凡有时候不乐意，问小耗子，小耗子就知道傻笑。哪个小男孩不希望有个对自己死心塌地的小弟？所以当时我还是挺高兴的，一定是因为我比廖小凡长——得——好——看！

李皎比我和廖小凡大一个年级，小耗子又比我们小一个年级。

廖小凡家里是那种书香门第，一家子不是老师就是研究学问的学者，我去过他家不少次，他家有个书架子，上面摆放着数目很是庞大的书籍，从《初刻拍案惊奇》到《水稻的种植技术》，有时候也得小心翼翼地满足一下好奇心，看了两页不是觉得生僻就是觉得没有什么趣味。

后来想想也不是每一个人都觉得书中有颜如玉的。

这些先哲摸爬滚打熬出来的大智慧也不是现在泛滥各个社交软件的心灵鸡汤能够望其项背的。每次廖爷爷和廖叔叔端坐在那张不知道什么材料的椅子上安静看书的时候，比遇到街上那些不成器的小混混小痞子来得有震慑多。

那么一大架子书总也觉得凛然生威，自然就觉得廖小凡家和我八字相冲，每次进去浑身不自在。廖小凡是标准的乖乖娃，不惹事儿不闹事，每次我爸揍我的时候他就是那种标准的邻居家的小孩。

细细想来也觉得这娃能和我关系这么近也是有点让我想不通。

那时候我记得我每次有了打发时间的坏主意的时候，廖小凡总是不怎么愿意参与，我也不勉强，李皎就会在旁边大喝一声："你个没把儿的。"

一句话激得他面红耳赤就跟着我们去做调皮捣蛋上房揭瓦的事情，至于小耗子……这个小屁孩儿绝对是要做大事的，什么都闷不吭声，默默地做事情，还挺仗义。

有一回我看到一个邻居檐下有个鸟窝，估摸着是燕子，当时正是春天来着，我听着有叽叽喳喳的小鸟叫，就琢磨着要把它弄下来玩。

我给李皎一说，李皎皱皱眉头："这……怎么弄下来？用竹竿捅？"我环顾四周也没有找到那么长的竹竿，正发愁。小耗子说他家有，然后就兴冲冲地跑回家了。

我到现在二十来岁也没想明白他家为什么有这么长的竹竿。

于是场景变成了我和李皎小耗子玩命地捅那个鸟窝，廖小凡在院子口盯着大人。

分工明确。

结果这下篓子捅大了，里面有几只小燕子。

出人命了……出鸟命了。

晚上那个邻居来我家告状的时候我正在看电视，被我爸像老鹰抓小鸡儿一样拎到客厅。我正一脸茫然，一看到邻居那看到熊孩子的模样，我就心里一咯噔。

"说，是不是你？"我爸平静地问道。

一看我爸的反应，我就知道这要是被知道了肯定是一顿胖揍。说实在话，半大点儿孩子，还真没有说心里有多大的恶念，就单纯觉得有趣好玩，只是不知道无巢的幼鸟会一命呜呼。幼儿多性子纯良，念个三四年级能有多邪恶？那时候为个小兽物抹眼泪的事情都很正常，哪像长大以后听到穷凶极恶的勾当还能一笑置之？屁话！

但我肯定是不会承认的，撒谎的孩子……会晚一点挨打。

"不是我不是我。"我连忙说道。邻居嘴角挂起冷笑，看得人毛骨悚然，轻声说道："下午有人看到廖小凡在我家院子口，你、廖小凡和小耗子和李家那个小女孩儿整天都在一起玩，我不信没你。我这就去找老王头。"

我爸在一旁拧着眉头，颇有黑云压城的架势，不吭声，点了支烟。

大概十来分钟的样子，王爷爷就到了我家，小耗子跟在他后头，看不出来怕还是不怕。

我心里是有些虚的，主意是我出的，而且刚刚还撒了谎。

邻居又跟王爷爷说了这事，最后轻声说道："我回家看到燕子窝没了，小燕子约莫着有四五个，都在院子里，死得不能再死了，这些小孩真的太可恶了。"

小耗子站在我身边，瞥了我一眼，我正盘算着要不主动认错算了，不然等下被盘问出来指不定又是被揍个春光灿烂的大阵仗。王爷爷坐在我家沙发上，阴沉着脸："谁的主意？还有谁？"

我嘴角嗫嚅，正准备慷慨就义。

小耗子忽然很平静地说道："是我做的。"

两个大人愣了一下，我一脸不可置信地扭过头。

小耗子点点头，眼睛和站起身走过来的王爷爷对视，我分明看见小耗子已经双腿有点发抖了。

"我叫爽子哥捅，他不让，竹竿还是我从家里拿来的。"

王爷爷跟我爸知会了一声，上来就给了小耗子一个耳光："跟我回家。"小耗子急忙往他家跑。

我爸盯着我，也不说话，看得我汗毛都竖起来了。

那天晚上我没有挨打，但我听到王爷爷的叫骂声，只是没有听到小耗子的声音，以往这小子被打嚎得厉害，也就是今天忽然就哑了，我当时也没想出来个所以然来。

第二天我去上学，看到鼻青脸肿的小耗子，有点心疼，走上前去，把身上一共是三块五毛钱还是两块五毛钱都掏给他，想让他去买点药膏。我轻声说道："不好意思啊。"

他咧了咧嘴，扯出个比哭还难看的笑容："哥，我没事的。"

实在话，这次背黑锅可能是让我把小耗子当亲弟弟看的主要原因，我到现在都能想起他当时忽然冒出话时我的震惊和那个难看的笑容，是真难看，但我还真就没见过多少能比这个暖心的笑容了。

我们四个也一直没吵过架，说起来是真奇怪，包括李皎也觉得奇怪，小孩子心思敏感，像是林间走鹿，山间睡狐一样，容不得半粒沙子。我不高兴了我就会噘嘴，我开心了我就会哈哈大笑，你让我难受了我就想哭，你让我愉悦了我恨不得把全世界都分你一半，无关祸福，无关财富。

3

我们唯一一次闹得比较大的别扭是李皎收到一封情书的那回。

那时我和廖小凡念五年级，小耗子念四年级，李皎念六年级。那天放学我和廖小凡正琢磨着要不去街机厅玩几个币才回家，就看到一个男生正拦着李皎，李皎想走，男生不让她走。

五年级的时候，早熟一点儿的男娃这个时候开始有了雄性动物的本能，包括打架，包括好勇斗狠，包括跃跃欲试地去"拱水灵小白菜"。

我正盘算着如果晚回家的话该怎么跟爸妈说，就看到廖小凡扯了扯我，指了指前面。

我看着李皎被那个男生扯着衣袖，脸涨得通红的样子，我轻声道：

"走，上去看看。"

廖小凡和我像两个见义勇为的大侠一样出现在李皎面前，李皎叫道："爽子，小凡。"

我没有理李皎，推了一把那个六年级的男生，吼了一句："你干什么？"

廖小凡也一脸戒备地挡在李皎的面前，虽然李皎在院子里能说上是一方豪杰，但毕竟是从小到大都认识的人，知根知底，她才雄得起来。哪像现在这种阵仗？

"哟，还有护花使者来着。"那个比我高一头的男生一脸不屑，片刻之间就不知道从哪儿冒出来四个男生，都是高一个年级的，把我们围了起来。

要揍我和廖小凡。

说不害怕就是标准的扯犊子了。我往后退了一步，只是一想到李皎还在背后，咬咬牙闭着眼睛就冲上去了。

也是在很久很久以后，李皎跟我一起喝酒的时候，我问她从小到大我什么时候最帅？她一口干了二两梅子酒，哈了口气，再啃了一口肉串："就小时候你第一次帮我打架那次，帅，特帅。"

其实当时是真有点狼狈来着，特别是我被踹了几脚后根本不知道怎么还手，痛都没觉得有啥痛，心里挺慌的。

李皎泪眼汪汪地挡在我面前，叫他们滚。那男生舍不得对李皎动手，就往地上吐了一口口水，恶狠狠地盯着我："周一见，小朋友。"

然后转身哈哈而去。

我想要不是因为路上有恰好路过的老师，我指不定得留下啥心理阴影儿。

末了我不敢回家了，廖小凡龇牙咧嘴地走过来，没吭声，接过纸巾擦身上的污垢。李皎看着我，去街边买了几个创可贴，小心翼翼地往我脸上贴。

"他为什么要拦住你？"我问道。

"他说要让我当他女朋友，下午还给了我一封信。爽子，你回去怎么说？你怎么这么冲动啊？他不会对我怎么样的。"李皎的语气似乎有些埋怨。

我登时邪火就起来了，不知道是因为李皎埋怨的语气，还是因为被揍了，或是因为有人喜欢她，嚷嚷起来："你真没良心，我为了你挨了顿打，你还这么说！"

天地良心，那时候再急也不怎么说脏话，也没有后来那一身臭毛病。

李皎被我吼得一愣一愣的，廖小凡上来打圆场："爽子别急，皎皎也是担心你。"我瞪着眼睛，眼睛旁边还有乌青，我一把扯过刚扔给李皎的书包，头也不回地往家走。

我对这件事的记忆就只有这样了，后来六年级的那个男生也没有找过我。我记得隔几天好像是因为她请我吃了一块蛋糕还是什么，反正关系才破冰，其实回到家我就后悔了，但是总觉得自己委屈，是真委屈，不然按我的犟脾气可能真的就和她决裂了，就算是十块蛋糕都不行。

孩童亦是仙佛。

我一直觉得一个男娃要成长为一个男人，总免不得两件事情，揍别人和被别人揍，比顺风顺水的乖乖男可能多一分戾气，但对于后者，我一直是不怎么愿意结交的。

男人的斗性和他的责任感是一样重要的，你是豹子，是豺狼，或者是那秃鹫，都无所谓，我们知晓的心有猛虎、细嗅蔷薇的男人着实魅力不小，但若是心里只有病猫的男人，哪怕他嗅的是牡丹是莲花也算是不完整的。

无力撑起天算不得男人。

那时我的成绩算是最好，主要……应该是我爸揍我揍得比较勤快。

4

我一直都记得我高高兴兴去初中学校报到的那天，就看见有学长翻墙逃课出校，我当时的感觉就是原来初中……还可以这样？

这个学校，李皎也在里面。只是我忽然觉得有些茫然，廖小凡去了城西一所初中，好像一下子一个人都不认识，而事实上确实是除了李皎我都不认识。

就在这个时候，我听到一个声音："爽子。"我扭头一看，那棵硕大的榕树之下或蹲或站着几个男女生，其中一个男生手中还夹着一根点着的烟。

李皎正微笑着向我招手。

我走近，打量着这几个男生，清一色的碎发，上身套了个校服外套，下身都是紧身牛仔裤，脚上蹬着布鞋。

其中一个男生笑着说道："皎皎，这是你弟弟？"李皎摇摇头："我发小儿，比我小一年级。"

那个男生弹掉烟头，做了完美的平抛运动，划出近乎完美的弧线，走近我，没说伸出手那种很大人的做法，就轻声说道："我叫吴哲，皎皎的男朋友。"

我正定睛看着那个不远处的烟头，听到这话赫然转过头来，吴哲顶着一头细碎的头发，模样清秀到不行，我又带着疑惑的目光朝李皎看过去，只见她正一脸娇羞。

我敢发誓，我陈爽认识她这么久以来，第一次看她这个样子。

我反应不慢，堆起笑容主动说道："我叫陈爽。"

就在这个时候上课铃响了，吴哲转过身准备走，李皎指着一栋楼说道："那边就是你们初一，对了记得不要乱讲。"我木讷地点点头，看着李皎快走几步跟上吴哲的样子，始终就像是云雾没有散开的天空一样，看上去满满当当又空落落的。

直到坐在教室里的时候，我恍然间才想起好像这个男孩之前我在我们巷子口看到过几次。对于李皎，后来我也想过，那大概是觉得有些青梅竹马的样子却没那份感情，也就是在看到李皎面若桃花的样子后，我也开始承认其实李皎也真是个水灵灵的小白菜来着。

时间真的是很快的。

特别是对于我这种相对于还算外向的男生来说，那个时候我的转变很大，是真的很大，第一次抽烟是在初一那栋楼三楼男厕所，是真呛得眼泪直流，但偏偏还真就学会了。读小学的时候进街机厅，念初中的时候我们这个小城开始有了第一家网吧，有了CS和War3，有了所有零用钱都往里面砸只为一两个小时的歇斯底里而高兴的奔头。

最主要的一点是，这个年龄段的男孩和女孩终于开始朝性进军了。也就是真的开始出现早恋环节了，那时候挺傻的，和老师对着干偏偏又怕自家家长。

荒唐的日子可能在你开始摸爬滚打的时候觉得有些后悔，但时时想来，更多的觉得那些不顾一切的年月，夹带着浩浩荡荡的虚伪，穿过长大的烦恼，笑容都是真诚的。

初二的时候，小耗子也到了这所学校。

他一来就惹了事。

5

他不小心撞到了初三的一个女生，还没来得及道歉，那女生就直接破口大骂，把小耗子整得有些茫然。那女生好像和校外的混混有来往，在初中学校这种大多都是乖乖学生的地方，自然是飞扬跋扈。

那女生见小耗子不吭声，觉得自己的独角戏有些难堪，直接上前，一巴掌就往小耗子脸上扇过去。

"啪"的一声。

潇洒离开。

他跟我说起这件事情的时候，已经是一周以后了。那天放学我、李皎、吴哲和小耗子四个人坐在一个烧烤摊吃烧烤。街道上已经没什么人了，路灯明亮，能看到车子开过扬起的灰尘，冷清又不至于萧然。

"你跟我说名字是啥？"李皎听到小耗子轻描淡写地这么一说，登时就把嗓门放开了。

小耗子轻飘飘地看了一眼李皎，没有吭声。吴哲因为偶尔和我一起打篮球，有时候我被老师抓进德育办他也在，彼此也算个眼熟。

他确实是成熟不少，说的话不管是不是真的，也总让我们这些小一级的学弟信服。

"爽子哥，你说我真的又没惹她，为什么她要这样做呢？"小耗子端着一听可乐，低着头，还是像以前那样。

"谁说想收拾你一定需要理由了？羡慕你算不算？看不惯你算不算？"吴哲歪着脑袋，一边拨弄着李皎的刘海儿，一边对着小耗子说道。

我没吭声，脑子里只有小耗子被欺负了的火气，撕着一把韭菜。

"你不揍他，不代表他不会揍你；你不惹事，不代表他不惹你。"吴哲站起身结了账，准备送李皎回家。

学生时代懵懵懂懂的恋情可能最大的好处就是晚上有个男生送回家吧。

我和小耗子并肩走在一起，有些沉默。

"小耗子，你别怕事，以后再有人欺负你你就狠狠欺负回去再说。

我初一的时候也被高年级的欺负过，没啥，你硬气了他们就都不敢欺负你了。"我掏出一根烟，"抽完再回家。"

中学生没啥钱，一根烟你抽几口我抽几口的。至于为什么不担心卫生不卫生，也没想过这件事情。

他摆摆手："我不抽我不抽，哥你回去要被闻到了烟味咋整？"

我一副江湖术士对信徒洗脑的猥琐模样："嘿嘿嘿，我还有一块口香糖来着。"

他倚靠着路灯，校服分外扎眼，抬起头看着天上。天上的星星倒是不管地上的孩子有什么多愁善感的眸子，继续亮晶晶地在天上闪耀。

我瞅着他的模样，笑着道："怎么还学会思考起人生了？"

沉默半晌，他忽然说道："哥，我以后不会让人欺负了，也不让别人欺负你。"

一字一句斩钉截铁。

我抬起头，他正盯着我，漆黑的眼珠有几丝坚定。

我愣了一下，接着就是除开第一次抽烟的时候，我又被烟呛着了。

咳了半天也不知道说什么好。

马路牙子边，我坐着，小耗子站着，都没有说话。这个场面反复在我脑中出现了很多次，可能比第一次跟同桌那个手长得好看的女生说我喜欢你的场景多几次，也可能比第一次看到初恋微笑着的场景多几次。

接下来的一学期，也就是我忽然觉得"耗子哥"这三个字在我旁边的同学中越来越响的时候，我开始意识到小耗子真的好像有点陌生了。但我没开口，周末混迹球场和网吧的时间比较多，也没有像小时候那样形影不离了，充其量就是上学路上或者在学校里遇着一回。

他有他的朋友，我也有我的朋友。

6

廖小凡过生日那天。

他把我们仨还有他学校里的一个朋友请到他家玩。

廖叔叔见到我们，还是挺热情的，虽然他那个朋友看不出来，但我们仨都知道廖叔叔是真的算热情了，还主动招呼了我们。他问了期中考试的成绩，我依然还算很不错，只是李皎的成绩一直很烂，小耗子倒是嘿嘿两句不动声色地就转移了话题。

这小子怎么现在这么多话了？我一时还没把那个沉默寡言的小耗子和现在这个长袖善舞的男生转换完毕。

廖小凡把我们招呼进房间，廖叔叔一把拉住我，把我扯到一旁："小爽，你记得帮我说说小凡。"

我皱着眉头，问道："小凡怎么了？"廖叔叔叹了一口气，说道："你不知道，这浑小子从初一开始不知道怎么就鬼迷心窍地喜欢上了吉他，本来我们觉得这个挺陶冶情操也没管，结果这小子成绩一次比一次考得差，老师说他一天到晚就是抱着练琴。"

我脑子里第一反应：这小子这招肯定招姑娘喜欢，有机会得让他教我。

廖叔叔见我不开口，就继续说道："从小小凡就听你的话，叔叔知道你是好孩子，你不知道，现在他是敢和我们赌气对嘴什么都来。"我木讷地点点头，琢磨着该不该让廖小凡教我这个。

一进房间，就看到他们正围着廖小凡，他正抱着吉他弹琴。

真帅。我心里想到。

"你这没破事儿练什么吉他？"我嘴上说道。

李皎瞪了我一眼："你别说话，小凡弹得多好，你不觉得很帅吗？你就是嫉妒他比你好看。"小耗子躺在廖小凡床上嘿嘿直笑："我也觉得好，这玩意儿比那些成天就一头非主流小碎发的小痞子来得更能吸引'水灵小白菜'。"

我看到他从兜里掏出半包红塔山，眉头一皱，条件反射地看看门口，低声喝道："你别在这抽，被廖叔叔知道了大家都没好儿。"小耗子本来把烟都叼到嘴上了，闻言嘿嘿一笑又拿了下来。李皎似乎和小耗子现在一身的痞子样挺合拍，一拍小耗子的肩膀，问道："你啥时候学会抽烟的？"

小耗子抓抓头："一两个月以前吧，在外面玩得比较多，也就觉得不抽烟也不是个事儿，至少男人一点儿了呗。"

我笑着说道："男人，前天你又挨打了？我听得你鬼哭狼嚎的。"小耗子脸一红，没吭声，几个人都齐齐大笑。

晚上我和廖小凡、小耗子还有了李皎在廖小凡家天台上，四个人躺在一张席子上。

抬头不算文艺电影中那种漫天的繁星，有几颗小星星，有几片云朵看不出来是乌云还是白云，偶尔有谁家的狗吠了两声。

"好久都没跟你们这样了。"我满是感慨。

四下宁静而祥和。

"小耗子你脚真臭，把鞋子穿上。"廖小凡阴阳怪气地说道。李皎应和道："就是就是。"小耗子一撇嘴，忽然嘿嘿一笑，把脚径直伸到廖小凡面前："你再仔细闻闻。"

"你是不是找打？"廖小凡大吼一声，就扑到小耗子面前。

李皎在一旁煽阴风点鬼火，道："小凡揍他，小耗子你个水货，廖小凡你都丢不翻，不是都说你能打吗？"

我看着他们三个，嘴角抽搐，文艺感荡然无存，说好的美好呢……

两人闹了一通，小耗子整整衣服，还是将有点妖娆味道的脚放进了鞋子，看了看亮着楼道灯的门口，小声问道："可以抽烟吗？憋死我了。"

廖小凡跑到下楼的口子那里看了看，小声说道："你把烟灰弹到外面去。"

我精神一振："给我一根。"

小耗子点点头，把烟摸出来，我一瞅乐了，半包烟被刚才那一番闹压坏了。

廖小凡哈哈大笑，小耗子从那半包里找出仅剩的两根没断的烟，狠狠地剜了廖小凡一眼，苦着脸对我说道："转着抽吧。"

廖小凡不会抽，没吸进去，倒是我从没见过李皎抽烟，不知道她怎么会的，我们四个小心翼翼地抽完了两根烟，重新又躺到一起。

"爽子，我想以后当个流行歌手，你觉得可以吗？"

"不可以。"

"为什么？"

"长得丑，你还来得陡。"

"你……"

廖小凡一脸我真是无语的样子。李皎和小耗子倒是很积极："去啊，万一成名了我就去跟别人说我认识你。""就是就是，那样我们多风光啊。"

我插话道："我估计你爸得揍死你。"廖小凡的脸色一下子黯淡下来，李皎疑惑地看看我又看看廖小凡，小耗子在收拾那包断烟的尸体，一脸心疼。

我忽然觉得有些烦躁："皎皎说说谈恋爱什么感觉呗？"李皎坐起来，微笑着说道："有什么感觉？我不知道啊。我就觉得离开吴哲我指不定得去跳个楼，他对我多好啊。"

"怎样算好？"我一副好奇宝宝的样子。

李皎似乎也被这话问住了，半天说不出话来，只傻愣愣地看着手腕上一个看上去就很廉价的手链，手工制品。小耗子轻声问道："吴哲送的？"

李皎点点头，自顾自地笑了一下，然后说道："不知道，我也不知道什么叫作好，只是觉得看到他就好了，在他身边就好了，其他的我说不上来。"

我点点头，开始不着边际地乱想，幻想自己以后也有个漂亮姑娘。至于这个问题的答案？说实在话我现在二十二岁也没参悟透，且不说感情之事本就是门玄学，心思单纯的时候不会去思考，会思考的时候心思又不单纯了。

造物主也是很神奇的。

等我从夜幕里回过神来的时候，廖小凡和李皎已经睡得死死的了，倒是小耗子睁着个眼睛也在怔怔发神。

"在想什么？"我小声问道。

小耗子似乎被吓了一跳，然后看了看廖小凡和李皎，扯了个笑容，摇摇头："没想什么。"我欲言又止，小耗子主动说道："哥，我不想念书了。"

"为什……么？"我一听陡然提高声音，忽然想起那两人都睡了，又压低声音道，"你是不是脑子有问题？"

小耗子叹口气，似乎想摸烟："我不是读书的料子，坐在教室里我难受得很。"

我一巴掌拍在他脑门上："你不读书了能干啥？去做个混子？你就是和那些莫名其妙的王八羔子搅和到一起了才有这种想法。"

小耗子似乎没有想到我这么愤怒，急忙说道："爽子哥，你别急，我心里有数，真有数。"那个时候的我其实就很单纯地觉得必须得要读书，也不会有后来花有百样红的豁达，何况现在看来，就算是人有千万种，花有百样红，书这玩意儿是必须要念的。

小耗子又叹口气，我喝道："还叹气，男人的叹息等于太监的呐喊你懂不懂？你要是没念了，我见你一次打你一次。"

夜空中再也看不见那些星宿，漆黑一片。

小耗子忽然轻声说道："爽子哥，我喜欢皎皎。"

这句话导致我的表情变化是这个样子的，先是刚刚谈话的出奇愤怒，再到这画风突转的惯性停顿，最后定格在理解了这个惊天内容的震惊无比。

哪有刚才还是雪天北漠，转眼便是星辰大海的事情？

我嘴角嗫嚅，有点难以置信："真的？"小耗子看了一眼李皎，点点头，说道："嗯，不过也没打算越轨做个啥，就现在这状态挺好的。哥，不过我倒知道一件事情。"

我正看着熟睡的李皎，蜷曲的身子，秀发绑成个辫子，巴掌大的脸确实有几分花容月貌的清丽和秀气，听到小耗子的话，我抬起头看着他："嗯？"

"吴哲背着她和另一个小姑娘不清不楚的，那姑娘也不是什么好东西，和校外一混子早就住在一起了。我不知道怎么说，想来还是让她自己去发现吧，只要别吃什么亏就好。"小耗子眼神清明，只是第一次我从他的眸子里看到的不再是怯弱和单薄。

这些少年到底会变成什么样子呢？你、我、他、她，都不知道。权柄滔天，万夫莫敌，倾国倾城，抑或是平凡庸碌？

天知道，命数知道，鬼神知道。

7

我在念初三下学期的时候，小耗子真的就没有再念书了，经常几天几夜不回家。每次王爷爷和街坊四邻说起他的时候都是咬牙切齿得恨不得把他当土匪枪毙了，而王奶奶则是说着说着就想流眼泪。

小耗子成了我们院子里典型的反面教材。

就连我爸妈都不止一次叮嘱我少跟小耗子来往，说他加入了黑社会，还是那种很不入流的黑社会，没成什么叱咤风云的巨擘大枭，充其量也就是人见人烦的小混混。我没跟小耗子来往的原因可能多一点儿只是因为我的生活和他的生活交集变得特别特别少。

有几次我远远地看见他和一群看上去就不怎么纯善的人蹲在路边嬉笑，我有点恍如隔世的感觉，怎么他就变成这样了呢？初中那段每个男生都是热血小青年的时候，觉得挺酷，英雄主义，还真不是什么投机倒把伤天害理的勾当，但是那段时间一过，对于这种之前甚至还有些崇拜的痞子又是嗤之以鼻，反倒对于廖小凡这种不惹事安安静静的人有了三分特别的欢喜。

真以为看个黑帮电影就一路江湖儿女了？我呸。

初中毕业那天晚上聚餐，我和初中那一群哥们儿一个一个醉在大街上，倒是其中一个打架打得差点退学的哥们儿醉醺醺地说得挺好："我初二的时候真觉得那些黑社会大哥帅，自己也崇拜，想想除了认识一大帮不该认识的各种各样的妖魔鬼怪，背了几个处分，还真没学个啥，高中都考不上。后悔不至于，时光重来我还是会去抽烟打架翘课。只是没落个好处，爸妈讨厌，同学讨厌，老师也厌恶，我有时候总在想，这要是所谓的青春，我宁愿不要。"

说到最后竟然嘤嘤哭了起来。

我们一大帮人挨个坐在路边，排排坐，只是没有果果吃。

另一个哥们儿环住我的肩，轻声说道："爽子，好好念书，你是我们这群人里唯一能念出来的了。"

其实那个时候我已经喝得不怎么能听清话了，但还是点点头。事实上现在我念大三，而初中我走得近一点儿的那些人早已经踏入社会，大多初中毕业就没有念了，写到这里倒是觉得当时那哥们儿有些瞎眼算命的天赋，指不定上辈子是哪里走江湖的半仙儿来着。

而我为什么对于那天晚上记得那么清楚，可能主要是因为那天晚上我遇到了小耗子。

回家路上有一段挺黑的路，只有两盏路灯，其中一盏还不知道被哪个调皮捣蛋的娃给打碎了。

我正走着，吐了过后倒是觉得清醒了不少，夜风吹得脸生疼，顺带着也有醒酒的功效吧。

"爽……爽哥……"一个微弱的声音在这份宁静里显得极为突兀，把我吓了一大跳，还是那盏路灯下面，我看见小耗子坐在那下面。

说我幼稚也好，说我做作也好，那个时候我看见是小耗子就压根儿没想搭理他，说听爸妈话有点扯淡，但是刚刚正和一群哥们儿讨论了对于地痞流氓的厌恶，这个时候小耗子再出现，明显是撞了枪口的。

8

那年，我也才刚满16岁来着。

我看了他一眼，甚至还露出一个觉得自己好像是电影里面很酷的男主角一样的做作的冷漠的眼神。

径直从他面前走过。

"哥……"他又喊了一句。

我站定，轻声道："王爷爷王奶奶很担心你，你怎么不回家？"小耗子沉默了半晌，然后说道："我受伤了。"

闻言我一惊，还演什么黑白电影，急忙跑过去，蹲下来问他怎么回事。

小耗子脸上脏兮兮的，看上去疲惫不堪，还扯出了一个笑容。

我见他不说话，就准备硬拽着让他起来。他叫道："疼，别扯，哥，我被砍了……几刀。"这句话是最好的醒酒药，我浑身汗毛都竖起来了。

　　"怎么回事？现在怎么办？"说实话那是我第一次急得瞬间乱阵脚，后来有时候我也曾遇到几次这种狰狞的场面，但也不至于像那时那样，一句话让我觉得害怕。

　　"没事，我能慢慢……走，哥，我……身上没钱。"他还是像个男人一样连哭都没有，我却像个娘们儿一样开始流马尿。这时我才发现，他穿的地摊货皮夹克的肩膀位置早就破了。

　　"我有，我有。"我连忙从兜里掏钱出来，一共是一百二十六块，聚餐我妈给了我三百块，这是剩下来的。他慢慢站起身来，小心翼翼地让我扶着他。

　　在一个让我不得不怀疑医术的小巷子里的小诊所里，小耗子被送进去包扎，我在外面急得团团转，小孩子的秉性还是暴露无遗，我第一反应就是告诉他爷爷奶奶。

　　约莫两个钟头的样子，其实这两个钟头也就是我估计的，反正等得我都快坐不住了的时候，他走了出来，步伐很慢，真的很慢，他大腿上挨了一刀，其余全在后背上，有四五刀的样子。那个留着山羊胡子的医生叮嘱道："辛辣要忌，不要剧烈运动。"医药费一共一百五十块，我有点不好意思地说情，最后医生兴许是太困了，挥挥手打发我们走。

　　我们刚走出这个私人小诊所，我赫然听到那个医生轻声说了句："现在的小孩子啊……"

　　我没有理他，片刻之后卷帘门哗啦一下拉了下来，就好像赶完厌恶的苍蝇一样。

　　那个时候夜里1点已经过了，我才知道在我遇到他的前十多分钟的事情。

他跟着他认的一个混子大哥去收水钱，小城没什么兴风作浪的帮会，有组织这是瞎扯淡，一般也就是小混混混久了变成大混混，大混混收点人做点灰黑参半的勾当从中牟利。

江湖？半大点孩子以为打两场群架吆喝一群狗友就是了？屁！

当然，能从"水公司"借钱的人，也都不是什么好玩意儿，大多都是赌鬼或者是屁股后面有债的，你是妖怪，我也是魔鬼。

他们着了道，被另外一伙跟他们不和的人堵在楼道里，他和另外一个十九岁的小弟顶了上去。小耗子打架是凶猛，完全就是一个不要命的罗刹，不然也不可能入了那些三十来岁的大哥的法眼，毕竟那条道儿最重要的还是好勇斗狠，不拿人当人，不拿命当命。

但现实不是小说，小耗子也没有主角光环。他说他就撂倒了一个人就被砍了一刀，是被"牙刷"那种刀砍的，就是大腿那刀。他们仨身上都有弹簧刀，但这场面怎么跟拿长刀的人对砍？混子大哥从楼道边扯了一根钢管开了个道，他们一共三个人就玩了命地跑，这是真的拿命在跑。

在跑的过程中，小耗子又挨了几刀，就是背上那几刀。

我静静地听他说，深夜的街道除了跑晚班的出租车也没有什么人，显得极为空旷，偶尔有风吹过，吹起他的衣角，我扭头看看他，因为失血过多脸色似乎有些苍白，但还就是那双眸子，明亮中也有些说不清道不明的东西。

"跟我去我家？"我轻声说道，好像大一丁点儿的声音太阳就会出来一样。

他转过头，看着我。

"明早你要早点走，我奶奶六点半就会起来做早饭，在那之前你要离开，现在……我爸妈不许我和你来往。"我越说越不知道怎么说，酒早就醒得不能再醒了。

"爽子哥，我知道，你看不起我，我王澜不需要别人看得起，我自己看得起自己就对了。"他忽然就有些恼怒。

我侧头看了他一眼，一巴掌就拍在他脸上，十成力，他脸上一凶恶，似乎就要冲上来打我。我不知道那个时候是什么样子，但肯定柔和不了，至少也得是狰狞的，上前一步就吼道："我呸，自己看得起自己？你有这个资格？你知不知道你现在在院子里是什么名声？我知道身边有很多人怕你，我不怕，我也没想过要怕你。我爸上次叫我不要理你，见着你就走得远远的，是，我是才初中毕业，小得很，进个网吧还得是黑网吧不用身份证的。但我陈爽知道一点，我任何时候都可以回家。你现在还敢回家吗？你还有家吗？"

我越说越生气，就想又一巴掌打上去，小耗子不闪不避，就这么看着我，平静如水。

我惦念着他身上的伤，又收回了手："算了，这些话你听得进去就听，听不进去就当我没说过，以后也别说认识我了，今天还是去我家吧。"

说完这话我率先转身，小耗子跟在我后面一声不吭，沉默了好久过后。忽然一个声音传来："哥。"

"嗯？"

"就是叫下。"

……

我忽然很想哭，深呼吸几口气又把泪意憋回去了，都怪酒喝得太多了。

9

那晚过后我不知道小耗子有没有所谓浪子回头，我在高二的时候转学去了另外一个城市，毫不夸张地说我见他的次数少得可怜，尽管他家就在我家旁边。

长吁短叹说不上，我自己也不是随时随地伤春悲秋的人，每每背着背包回家的时候，可能更多的时间会选择和爸爸妈妈在一起唠唠，陪奶奶买买菜什么的，那段时间不值钱，但是兀自匆匆不休。

有一次回家，恰好遇到廖小凡，他梳着一个很奇怪的发型，背着把吉他从我家门前走过，我正牵着一条狗准备出门。

"小凡。"我欣喜地叫了一声。

他转过头来，见到是我，表情变得愉悦，走上前来捶了我胸口一拳："你小子，什么时候回来的？"

我那条狗以为他是侵犯者，护卫犬的凶性使然，龇牙咧嘴有点吓人，特别是这哥们儿天生爱流口水，看上去神似以前燕赵北魏的草寇好汉，浑身上下都是对世道不公的杀气。

"你……你牵好……"他猛地向后跳了一步。

我哈哈大笑，紧紧牵引带，喝了一声，笑着说："你还怕狗？"

廖小凡翻了一个白眼："你又不是不知道，我小时候被狗咬过，有心理阴影很正常不是？"

我和他肩并肩顺路一起走，我去我家门外那个广场，我问他干啥去，他说他要去一个音乐教室上课。

"没念了？"我皱皱眉头。他摇摇头："那咋可能，我和我爸谈妥了，本科就成，我练我的琴。"

我拍拍他肩膀："成啊，你小子不是一直就爱这个吗？"

就在这个当口，我看见一个姑娘正站在一个路口，而廖小凡很自然地走过去。

我心里一阵不好的预感：这是要虐狗了吗？

"爽子，我姑娘，叫林念念。"他倒是很大方。

我搓搓手，准备来个很高大上的见面，一时间忘了我还牵着狗呢，牵引带一往上提，狗兄不乐意了，一甩头就是一口水甩到我脸上。

廖小凡瞠目结舌，姑娘哈哈大笑，我一副恨铁不成钢的样子——你真是太不给我面子了。

廖小凡牵着林念念，我牵着……狗，一起走。

多和谐的场面。

我满是好奇："你俩咋好上的？"廖小凡眼神一亮："那还真不怕你笑，哥们儿魅力无敌啊，成片成片的小姑娘迷倒在我的牛仔裤下面。"林念念模样很清秀，齐刘海儿，笑起来右脸上还有个酒窝："真的吗？"

我假装没有看到廖小凡腰上林念念带着怨念的手正在拧他，直直暗笑，叫你装。

说起李皎，廖小凡看上去好像有点不知从何说起的味道，最后只说了一句："她和吴哲分手了过后……"我打断道："什么时候的事儿？"

廖小凡侧头想了想："还能什么时候，真以为初中牵牵手就能白头了？她好像高一的时候就分了吧，那时候你应该还没转校，可能只是没遇见她，有一次我碰着她的时候给我说的。"

沉默了半晌后，我又问道："那她现在呢？"

廖小凡叹了口气："她念了个专科，听我爸说好像她不想读，要去沿海吧好像。爽子……"我正沉思着，听言抬头，满是疑惑，不知道他为什么忽然以这么严肃的语气跟我说话。林念念在他身边乖乖巧巧，我的狗在我身边……流着哈喇子。

"前段时间我遇见她几次……可能……有点……我觉得吧……"

"有屁快放，咱兄弟有什么不好说话的？"

廖小凡咬咬牙："你没看到，浓妆艳抹的，很浓那种，你知道我现在偶尔也和夜场里那些哥哥姐姐接触……"

他没说完。

我一愣，瞬间就明白了，但却不知道说什么，隔了半天才不咸不淡地说一句："各安天命吧。"

分别时，我看见他们手牵手走开的样子，有点羡慕，更多的是一种祝愿，我不信任林念念，因为我知道现在小姑娘看上去年龄小打扮清纯，但是举手投足点点目光都是荡气回肠的故事来着。

但我得要信我兄弟啊。

至于我……我还是老老实实念我的书准备我的高考吧。

啊，真是一派祥和啊，好想去那朵白云上睡个午觉。

10

高考过后的那个暑假，我开始着手准备我的第一次旅行，对大学生活充满了憧憬，比如我会遇到什么"水灵小白菜"呢？比如我会遇到什么奇葩室友呢？比如我会遇到什么狗血事件呢？

有一天我钓鱼回来，心里正在咒骂为什么这天气就像友谊的小船说翻就翻呢？刚刚还晴空万里，瞬间就下起了瓢泼大雨，也有可能是盆泼大雨，反正我觉得挺大的。

在离家不远的一个天桥下面，我一边骂骂咧咧地拧着衣服，一边等雨停。

这个时候冲进来一个姑娘，应该是姑娘吧，反正感觉也淋到不行。万一妆花了怎么办？我恶毒地想道。

"爽子？"那姑娘忽然开口。

我吓了一跳，抬头一看，乐了："皎皎？"

李皎穿着一身吊带，踩着一双人字拖，身材凹凸有致，也是青春正年少，让她脸上涂了东西被雨淋花了过后也不难看，多了一丝惊惶和清纯。她甩甩头发，第一句话就是："你还是这么丑。"

我本来正觉得有些好友重逢的尴尬，这话一出我差点暴走，我怎么就丑了，我帅也不能让雨停下来啊。

她看到我怨念十足的眼神，一蹦三跳地走到我面前："玩笑玩笑，怎么，好久不见还开不起玩笑了？"我瞅见她像一湖莲花一般婀娜的笑容，正想说话，赫然看见她的锁骨位置有一朵妖艳异常的玫瑰刺青，一个"W"显得有点不伦不类，但是在这妮子身上却有着那么一丝浑然天成本该如此的味道。

"什么时候去文的？"我问道。她翻了个白眼，隔了半晌才说道："早就文了，去年的事情了。"

我坐在一块石头上，她过来坐在我的旁边，示意我将装鱼的那个小桶放在一边，说道："你把那个桶放远些，好腥。"

我撇撇嘴，按照她说的做了。

"你现在干什么呢？"我问道。李皎说道："打工呗，开始在厦门，后来在成都，这段时间不想上班了，就又回来了。"

"那不是挣了大钱回来了？皎姐，最近穷，接济下呗。"我笑着说道。

她在裤兜里摸了半包软玉溪出来，可惜受了潮，过滤嘴那里被淋湿了没法抽，她叹口气一把扔掉，抿抿嘴："接济？接济个屁，老娘一个月才两千多一点，打工能挣什么钱？"

我还在盯着她扔掉那半盒烟发愣，听着这话觉得有些别扭，总觉得小时候的李皎虽然豪爽像个假小子，也不至于现在嘴里一开口就颇有江湖气焰。

"爽子，你要好好念书，说真的，出来了我还真后悔当初没好好念成天瞎玩。"李皎语气听不出悲喜情绪。我有点啼笑皆非："怎么？还给我上起思想教育课了？"

李皎撇撇嘴："屁话。你知道吗？我工作那一个破商场，想要升职都得要个专科，不然得在收银台守一辈子，谁受得了那个气啊？你不一样，从小你就聪明，院子里的大人都说你能读书，别困在这个小地方。"

我拨弄着鱼竿，说道："别介，别给我戴帽子，我现在成绩也就那样，你以为还是原来年级前三那会儿？我也爱玩，成绩自然也就下来了，怨不得别人。"

李皎忽然哈哈一笑："我就记得你初中开始英语就没及过格。"

我忽然想起那天廖小凡跟我说的八卦，就开口说道："你后头咋跟吴哲分的？没有寻死觅活？"

李皎脸一黑，对着我胸口就是一拳……谁跟我说姑娘家没有气力的？

"两个学校呗，星期天还能见见面，平时也就发发短信，后头我就觉得实在是没意思了。"李皎平静道。我一瞧她侧脸，精致而漂亮，只是眼神有点儿不好说。

本来我还想问深一点儿，但人家把话这么一堵，我也不好问了。真的是，一点儿都不会聊天。

雨停后，难得出现了彩虹，挂在天边，就像在前面几步路一样。李皎挽着我的胳膊，我还有点不习惯，她打趣道："你还是这么瘦？怎么？你爸妈虐待你？"

我翻了个白眼没有接腔。

李皎说道："小耗子现在都买车了你知道吗？"我震惊道："真的？"

李皎点点头："也就一面包车，但总也是自己买的不是？"我努努嘴，没有说话。

李皎一看我的样子，就对我心思了如指掌，撒开手，说道："你还别看不起人家，我还真就觉得能挣着钱的人就是好样的，何况他人本来就心眼儿不坏，爽子，我们一路就是这么过来的，你可不能看起小耗子。"我忽然感到一阵厌烦，李皎继续开口说道："现在就你和小凡在念书，早出来早挣钱，你也要知道这个道理。钱是王八蛋啊，但谁不爱啊。"

这道理我能懂，但是这话里透着的无奈和其他情绪我也就体会不到了。

雨后的街道总透着那么一股子清新，也觉得明亮，我第一次觉得我和这些认识十年以上的人有了一些疏离，不是距离或者见面次数上的疏离，而是一种你努力想抓却像是深陷泥潭那般越来越远，让你无法呼吸，让你无可逃脱。

11

大二的时候有段时间因为失恋的关系，我有点烦躁，又不乐意跟室友说，暑假我计划了一场从西安出发终点是新疆库尔勒的背包旅行。

社交软件上全是我的旅行照，有人羡慕，有人点赞，有人关心。

我在那条路上收获了不少，听了不少，喝了不少，吃了不少。直到我在西宁塔尔寺那天，廖小凡忽然给我发了个短信："小耗子问你借钱，你千万别借。"

我这人肚子里藏不住什么事，特别是我在意的人，我一个电话打过去问他发生了什么？

廖小凡欲言又止，最后就说了一句："他现在在戒毒所……"我当时就有五雷轰顶的感觉，你要说真就和小耗子成两路人了我自己都不信，但那个时候确实觉得这家伙是又不要脸又不要命了。廖小凡见我没吭声，主动开口说道："你现在怎么样？"

我叹口气："玩得还不错，正准备等几天去环青海湖。"

廖小凡和我开着玩笑："怎么？还准备骗个青海姑娘回来当媳妇儿不成？"

我笑道："那肯定啊，爷们儿得要为咱四川男人长面子啊。"

廖小凡继续说道："我准备过年跟念念结婚了。"就这一句话，我差点把过滤嘴点了，说道："你脑子没烧坏吧？你和我同年的，20岁？你就要结婚了啊？先说好，没钱包红包。"

他乐呵呵地说道："不用不用，你记得来就行。"

我满腹感慨："也是，你和你那姑娘那么多年了。"

廖小凡的话语透着无奈："你不知道，后来我还是只有往公务员这个方向考，她家和我家一样，也是很传统的家庭，一开始听我是个小音乐教室的老师，又没有念书。反对得我要疯了，最开始是禁足，然后是她妈直接跪在她面前，然后我爸妈也开始觉得那家人实在是不可理喻，也开始反对了。"

我蹲在塔尔寺前那个小坡上，问道："那后来怎么办？"

"还能怎么办？死扛呗，他爸妈才同意了，但前提是我得拿到成人大学的本科，考个公务员，我琢磨着直接把酒席办了，证到了年龄就领，一年考不上我考两年，总不能那个时候来说离婚吧？"廖小凡轻描淡写地说出这些话，仔细想想，这里头没有个三天三夜都说不完的牛鬼蛇神我自己都不信。

"死扛"两个字得成多少情侣的拦路虎啊？

挂了电话，我翻着手机，在小耗子的电话号码上停留了好久，我尝试着拨了过去，却出现空号的提醒。我愣了大概十几秒的时候，终究还是没有删去他的电话号码。

仰起头，塔尔寺在青海空旷的蓝天下显得气势磅礴，信徒、旅客、喇嘛各有各自的生活轨迹。

经幡飘动，轻轻埋葬了无数人的朝圣之路。

回去过后我就开学了。

而我最近一次见小耗子却是在我没有想到的情况下见的。

那天我放了个小长假，晚上和朋友在夜市吃烧烤。我正打趣道："现在那种初中痞子我是远远看了就得绕着道走。"

朋友笑我胆子小，我喝一口啤酒打了个酒嗝："还真不是我胆子小。都是从那个时候过来的，暴躁，不顾后果，不计一切，这种脑袋挂在裤腰带上的主儿你可真别惹，连自己是瓷器还是瓦罐都不知道。"

朋友点点头："这话是没错。"

然后隔了半小时，场面就变成了一群看着就很年轻却个个凶神恶煞的娃围着我俩要揍我们，只是因为朋友起身的时候把隔壁桌立在地上的酒瓶子不小心踢倒了。

朋友道歉，而那边一个声音冒出来："你没长眼睛啊？"

然后那群人就直接站起来，只能说男孩们的脸上飞扬跋扈，而一身学生清纯打扮的姑娘均是面色兴奋，想来也不是第一次遇到这种事情了。

我脑子里首先后悔的是怎么没牵狗出来，杜高或者加纳利那种级别的护卫犬往那里一放，别说一堆男孩，就是一堆成人也肯定能震慑住。

然后想的是赶快跑，但是啤酒虽然寡淡也是有酒意的，而且我还真的得承认我有点害怕，哪怕对面是一群小男孩，谁知道他们身上有没有什么匕首甩刀之类的玩意儿？

然后一个人影站了起来，周围桌旁的人都是坐着看热闹。夜市、夜店、夜场，凡是这种地方怎么着也有些争斗，他们也都见惯不惯了。

五大三粗的男人一耳光就打在说话那个小男孩的身上，反手一脚又踢在另一个小男孩的肚子上，然后拍拍手，轻声说道："你说我长眼睛没有？"

猛将无双。

12

黑色背心，肌肉还算漂亮，短裤人字拖，短平头，一身戾气。

小孩子毕竟是小孩子，向来可以多打打顺风架，这种架势还是应付不过来。那个最开始说话然后被扇了耳光的男生被男人左臂上精致的般若和背心遮不住的伤疤给震慑得话都说不出来，腿都是软的。

我阴沉着脸不说话，一见他还要动手，开口道："小耗子，算了。"

他扬起的拳头定在了空中。

我把钱放在桌子上，扭头就走。

我那朋友不认识小耗子，正想过去道个谢，但一看我这态度，踌躇两下也就跟了上来。小耗子却追了出来："爽子哥，爽子哥。"我站定，没有说话。

他有些气喘地追上来。我叹口气，主动问道："你开的？"他点点头："隔壁的爆炒是我在帮别人守的摊子，这种事情本来这种地方就很正常，我一看是你，总不能袖手旁观吧。"

我盯着他，本来想问他戒毒没有，但考虑到我朋友还在我旁边，而且哪个吸毒的会说自己吸毒？我努力地想要从他的眼神动作中考虑到是不是还沾染，但实在话我还真不是什么道行高深的人。

"爽子哥你能不能借我点钱？"他忽然开口。

沉默了几秒，我一字一句地从嘴里蹦出字来："没有！"

斩钉截铁。

然后是真的转身就走，走过转角，我看了一眼，他站在原地，没有追来。我朋友追上来问我，我只说了两句这是我发小儿，不成器，烂人一个。

然后就彻底不想说话了。回到家我翻来覆去睡不着觉，我其实手里还有个万把块的样子，三四线城市，大学生做兼职能有几个存款？但我怎么可能把钱给他？我一直觉得小耗子哪怕再不是东西也不能坑到我身上来，但是今儿发生的事情又让我恨不得从来没有认识过他，虽然今晚会挨揍。

"哥，我是想找点路费去广州我爸那边，家里人不管我……以前认识的也没有……我找不到别人了。你会相信我，我是真的去准备去做事的。"

他用一个陌生号码发了一条短信来，有四五个错别字。

"滚。"

我回了一条短信，没有错别字。

他没有再回。

那天一直到凌晨四点多我都没有睡着，终于一咬牙暗骂了一句，然后再发过去两个字："账号。"

隔了四五十分钟，他直接打了电话过来。

"哥……"他声音很小。

"王澜，我只有一万块，其他的就没了，你给我账号，我给你转过去。"我说道。

"我等下发给你……哥……对不起。"他忽然冒出这么一句话来，却整得我更有点不是滋味。我借钱还真不是因为相信他，我只是怕他狗急跳墙去水公司借钱甚至更深一步去抢。

狗急跳墙四个字在某种程度上是很可怕的四个字。

"别说那么多。赶紧发来。"我挂了电话。

算我欠他的。我心里想到，掐灭了烟头。

13

　　廖小凡结婚的时候我回了一趟老家，场面很热闹，两家人也就是普通人家，不是什么豪门大户，但廖小凡一直人缘不错，而且因为廖叔叔的原因，除了在吉他这个方面太执拗其他方面也是循规蹈矩的。

　　从接新娘子到敬酒到布置婚房引红裤头，环环下来还是看得我瞠目结舌。伴娘是林念念的闺蜜，伴郎是廖小凡一个同龄的堂弟。我没见到小耗子，他拿了钱后我也联系不上了，我最开始给他钱真就没指望能还上，也就没去打电话。

　　李皎坐在我旁边，打扮入时，模样成熟，浑身还透着香水味儿，我闻不出来到底是廉价的还是昂贵的，也没主动去问她这两年过得如何。

　　各人有各人的造化不是？只是她从包包里摸出钱夹子放红包的时候我还是震惊了一把，她那一叠钱有点刺眼，卡用一根胶圈绑住，这我倒是相信不可能全是金卡，只是烟的档次我可懂，大重九，也不是前两年的软玉溪了。

　　距离闹洞房还早，末了我和她走在涪江边上，我调笑着问她现在在干什么？

　　这个看不出来年龄却有着川陕姑娘独有的俊俏和甩我这个土包子十里街的时尚女子抽了一口烟，过滤嘴上还有淡淡的口红，说有儿时的清纯是扯淡，也不再像前几年那么市侩和精明，却有一种精致到矜贵的静气。

　　这才多长时间？这娘们儿，成妖了？

　　然后她迎着江风看着江上的游船，呼出的烟里还有中午吃饭时的酒气，轻声说道："现在？做婊子。"

　　石破天惊。

　　她说完这句话又转头继续走，我不知道该说什么，只默默地跟在她后面，于是就出现了一个很奇怪的场景，我们俩都没有说话，在阳光照耀下的河堤边踱步。

我以为会尴尬，但李皎那么云淡风轻的样子却好像刚刚说出那字眼的人不是她一样，慢慢地我也觉得有些无所谓了。

晚上闹完洞房，饶是以白水换了白酒的廖小凡，也有些晕乎乎的，一群同龄孩子又是喜欢玩的主儿，但是李皎那么一个气场强大的女王站在那里，愣是让这些平时无法无天鲜衣怒马的少年少女说不出什么话来。

没喝酒的一个姑娘开车送我们回去，最开始因为后面坐着李皎，都有些不敢开腔说话。我当时喝了不少，坐在副驾上，开口道："你最高能开多少码？"

那姑娘对于酒疯子可能也是有点无奈，没大声，倒是我这话语却瞬间点燃了车上一群人的激情，这个说国道开个金杯都能往200上走，那个说高速感觉人都是飘的，也就真是可劲儿吹。

李皎忽然道："前面路口放我下来。"那姑娘先是从后视镜里看了一眼李皎，没敢违背地点点头，我一愣："这么晚了这口子人都没有，你也不怕出事？"

李皎继续说道："嗯，那你下车，陪我走走。"

14

二十分钟以后，李皎领我到了一个很神秘的小酒吧。

本来这个点酒吧开着也不算什么，但是这个小酒吧居然开在一条全是卖衣服的街上，冷清得没法。我跟着李皎进门，很小，大概也就是一个门店，有几组沙发，大概有个酒吧的样子，酒保是个很娘的男人，让我有些出于本能的反感。

"这个地方是我几个姐们儿开的。平时没人，他叫六子。"她指了指那个……妩媚的男人，我朝他点头示意。我半躺在沙发上，不吭声，反正我知道按我这状态是续不了摊子了，开口说道："你把我领到这来干吗？滚床单也不是在这里滚啊？"

　　李皎白了我一眼，无视我略显轻薄的玩笑话，喝了一口我反正没喝过的啤酒，那上面的外文它认识我我不认识它，然后说道："想找人说说话，恰好你又回来了。"

　　我揉了揉太阳穴："被小凡刺激到了？"

　　沉默半晌，李皎点点头："你知道吗，我为小耗子流过孩子……"我正捧着一杯白水，噗的一口就喷出来了。

　　"什么时候的事？"那时候我学会一点，这姐们儿说话的时候不要喝水，不然容易呛着。我侧头看看带着大耳机嗨到不行的六子，又看着李皎。

　　"三年前吧大概。"她努力歪头想了一下，给了一个不知道正不正确的答案。

　　我一愣，三年前？

　　"那上次我们一起躲雨那会儿……"我疑惑道。她很直接地点点头："就那段时间。"

　　知道什么心情吗当时？自己养的猪拱自己养的白菜，关键主人还不知道。

　　"我咋不知道？"我又去倒了一杯水。

　　"小耗子说叫我别告诉你，别招你烦。"李皎蹬掉鞋子，赤着脚偎进沙发深处，"吴哲当时是劈腿了，我知道后就去找他，被他当众给了一耳光，小耗子知道了，把吴哲肋骨打断了两根。"

　　我有点烦躁，本来这个自上次借钱就消失了的男人已经逐渐淡出了我的生活，而今又忽然出现在我的脑海里，我确实不知道他的情感生活。男人之间本身也就很少聊这个话题，知道有没有或者是谁就行了，哪管你和姑娘风花雪月恩怨纠葛？

又不是那些坐在门槛上专门东家长西家短的碎嘴子婆子。

"我以为我很爱吴哲，没有了他我会不知道怎么办？后来我知道，原来就是一起上学，一起吃饭，一起聊天，一起玩罢了，对了，还有晚上送我回家后偷偷亲个嘴。"李皎从包里掏出烟，丢给我一根，"也对，那段时间的那种喜欢就像呼吸一样，没觉得会有什么特别，失去了还真受不了。爽子你交过几个女朋友了？"

我正顺着她的话语回想我的初恋，被她一问，愣了几下："有几个吧。"

她耸耸肩："小耗子其实算和我很久很久了，你不知道，小凡也不知道。他那人傻得很，不知道哄姑娘开心，就拿他混黑的那一套来对付姑娘，谁惹了你可以揍谁，也不知道纪念日什么的去买个礼物，就是递给你一把钱叫你自己去玩。"

"只是有一回我爸冠心病犯了，我妈叫我的时候我恰好和小耗子在吃米粉儿，是他背着我爸去的医院，我家没医药费，是小耗子扑通给医生跪下来说能不能缓缓他去筹钱。后来院子里谁说起小耗子的不好我爸也得跟人呛声，面红脖子粗的，跟谁都说小耗子只是误入了歧途，心眼儿不坏。是啊，我还能说啥？这样的男人什么女孩子能拒绝？"

"我去厦门那段时间他是去厦门跑路，重伤害吧好像，具体的他也没跟我细讲。在那边我们过得很惨，廉价的房子，我在餐厅当服务员，他在一个工地上扛包，只是大手大脚的日子过得习惯了，感情再浓也要啃面包啊，为了钱，我背着他和我们老板上了床。"

我面无表情，静静听她说。她没有再喝酒，只是烟一根接一根不停地抽，好像一旦断了这口气就接不上来一样。

"小耗子聪明，而且混了那么久你要说他不敏感？屁的不敏感。他没隔多久就知道了，也没揍我，甚至到最后也没给我句重话，只是让我走。恰好那个时候风波好像平息得差不多了，我回了成都，他等了两个月去了宜宾。"

"那时他弄不到钱，去偷去抢也能搞到钱，只是这还能当饭吃？他有一回偷电瓶，被工地上一群人围着打，往死里打，我看着他跪在中间，一看见围观的有熟人就上前求救，只不过就算是熟人这也能救你？我站在人群外围，心疼得直抽抽都没敢上前。"李皎说这段话的时候说得很慢，似乎一闭眼就能看见当时的情景一样。

"我真的好在乎小耗子，我以前给他惹事，在迪吧和别人打架，惹到了他也惹不起的人，他二话没说就替我挨打，头破血流的，我给他包扎的时候他也不吭声，血淋淋地还傻乎乎冲我笑，说没啥，以后小心点就是了。我当时只想抽自己十几二十个耳光。"李皎和我对视着，讲着我们彼此都很熟悉的同一个男人，只是熟悉的方面可能不一样。

"他是个浑球啊，六亲不认无法无天。他去戒毒所的时候，我经常去看他，他开始不见，有次我发了狠，问他就算做不成两口子是不是连朋友都做不成了？他才见的我。"李皎双眼泛起水雾，声音有点哽咽。

就算我不想承认，这个王八羔子对自己在乎的人是真的好得没话说。

李皎把外套围在胸前，蜷缩着身子，只露出一张小脸，昏暗的环境下像一只慵懒的猫一样。

"你有好好念书没？"似乎觉得聊的内容有点沉重，李皎笑着问我。

"我？没怎么好好念，绩点都不够，指不定能不能拿到学位证。"我抓抓脑袋，"你呢？现在在做什么？"

"做什么？从男人身上赚钱呗。"李皎云淡风轻。

我差点又把水吐了出来。

"在成都一个高级一点儿的会所，男人取乐，我卖笑，后来跟了一个建筑老板，有家室的那种。"李皎摇晃着手中的酒杯，"不是良家了啊，越来越大手大脚，但是越来越怕自己不漂亮了，为了美容我一个月就要花好多在这上面。"

我哑口无言。

"以前我羡慕那些白富美，现在我自己才知道这里头有多少门门道道。但我能做什么？"她抿了一口酒，轻声细语，"我实在找不出比在男人身上赚钱更容易的事情了。男人走错无数步都可以浪子回头，姑娘不一样，走错一步就回不了头了。"

我深呼吸一口气，却像是听到了什么了不起的东西。

荡气回肠。

这个世界是公平的。你信吗？你信的话……你是傻吗？

"没人逼我，自愿的，一步一步就这么过来了。今天不是看了小凡的婚礼受了刺激，我也不会跟你说这些。小凡在我这拿了一笔钱，不算小数目，我当时就给了，也没问原因，我李皎没出息，是婊子，但我就是不愿意看到自己朋友在钱上受委屈。"她说到这里似乎情绪又激动了起来，"不要像我们一样受委屈了，你知道吗爽子，以前小耗子说要娶我的。"

她胸口起伏大口喘气，眼眶泛红，我盯着她的文身，那个"W"哪里是吴哲的吴，分明是王澜的王。

文字八万六千个，情字笔笔杀人心。

我瞟了眼手机上的时间，站起身来："我回去了，要不要送送我？"

她摇摇头："你回去吧，对了跟你说个事你可能不知道，上个月小耗子在工地上出了事，他……他手断了。"

我大惊："什么情况？你具体说说。"李皎说道："好像是脚手架砸了下来，具体情况我也不清楚，我本来想飞一趟广州，但我不知道他工地在哪，他不肯说。"

"严不严重？"我轻声道。

李皎摇头："不知道。"

我转身出门。

一阵冷风像姑娘的巴掌一样打在我脸上。我紧紧衣裳，扭头看了一眼，依旧在烟雾里的李皎眼泪止不住地往下流，但是却仍旧面无表情，好像流泪的并不是她一样，我弹掉烟头，迈开步子开始走。

走过几条街终于还是打了电话。

"哥，我正准备给你打电话来着，小凡电话打通了没人接，他是不是喝多了？"他看上去情绪还很高涨。

"嗯。"

"哥，那钱我马上就存够了，你也知道我花钱不靠谱，能存点钱有点难嘿嘿。你急不急，不急用就再等大概一个月的时间，工地上本来是按年来结，这工地工头跟我熟。"他语气有点牵强。

"嗯。"

"哥……"他似乎察觉我语气不对。

我站在路灯下面："你是不是受伤了？"

一阵沉默。

"哥，不碍事的，我开搅拌机的，一个手也能开，这年头只要你愿意做事，怎么都能挣着钱。"他说这话的感觉像是断手的是我不是他一样，"以前我混账，这不想开了，我以前认识的好多人当初不也那么牛现在也吃牢饭去了吗？现在这样挺好的，我还琢磨着什么时候存够钱带爷爷奶奶过来玩一次。"

只言片语，哪是凤凰涅槃能得出的真理？我这人信命，他从前造的孽总要还上的，这还真不是什么因果循环唯心论。有时候，人做事还得求个心安才好。

举头三尺有神明。

我看着院子里最外面人家的围墙上写了一个"拆"字，举着手机怔怔愣神没有说话，半天说了一句："早点回来，请我喝酒。"

电话那边愣了一下，哈哈大笑："没问题。"

15

挂掉电话，赫然想起我爸告诉我现在我们这片规划，指不定什么时候回来家就被拆了，我一边走一边在路灯下打量每家每户的房子。

李皎家的，我家的，廖小凡家的，王澜家的……紧紧挨着就像风雨中的浮萍一样，各自分散后重又团聚，被浪花侵蚀得改变了最初的样子，但总也扯不平千丝万缕的联系。

拆了过后，还能再建，那散了呢?

就像大学最神奇的是分寝室一样，因为会分给你那些你永远也不知道什么性格什么秉性什么故事的室友，却要和你一起度过这四年。

循规蹈矩的廖小凡第一个结了婚，李皎成了她之前羡慕的那种满眼都是沧桑的女人，小耗子在广州的工地上，可能也想不起以前当小混混时的感受吧。

我坐在我家门口，看着这万家灯火，泪流满面，却又莫名心安，一如我第一次和小耗子睡到我的小床上的时候，我告诉他不许哭，告诉他别怕一样，其实我也怕，但我心里踏实。

人各有命。

16

很多很多天以前，星辰满天，夏虫不语。

街坊邻居都在院子的空地上乘凉，一群小孩子满院子跑。

有捧着西瓜穿着背心裤衩的大叔爽朗一笑："来，跟叔说说长大了想要成为一个什么样的人，说得好的有西瓜吃。"

"成为科学家！"流着鼻涕的廖小凡这样说。

"成为大明星！"马尾辫的李皎这样说。

"成为游戏厅老板和烧烤摊老板！"我一本正经地说道。

"你呢，小耗子？"大叔被我逗乐了，扭头问一个怯生生的小男孩。

"我……"穿着塑胶凉鞋小背心小短裤身材很瘦小的男孩似乎有些紧张，"我……我想成为一个好人。"

夏夜的繁星如同初秋的长河，默默不语。

一片光亮。

后 记

这是我最痛苦的一年。

2015年8月3号，我注册了一个微信公众号，叫鹿人三千，有9个人关注，包括我自己的两个账号。

2015年8月10号，我发了第一篇故事，叫作《成都，带不走的，只有你》，有72个阅读量，有13个赞。

那个时候，我跟我大学室友说："我要成为一个作者。"他说："你就是个傻子。"

今天中午，我妈妈给我打电话，问我大四到底打算怎么办。是去实习，还是继续跟她拧巴这傻子似的梦想？

我笑着跟她说："妈，你看我这书十月份也准备上市了，到时候真的有稿费，我微信打赏多的时候每篇也有200来块，下季度的房租我就快要存出来了，我真的、真的可以成为一个好作者。"

挂了电话之后，我打开电脑，看着后台关注用户：9862人，又看了看昨天抽了两包烟写了13个钟头的故事，比前面几篇少了一半的阅读量。

你知道吗？我看着书桌上那两包11块的空的白沙烟盒，旁边是这个月的电费单，紧接着我哭得跟个智障似的。

下午负责"简书"微信公众号的编辑找我要一篇文章的授权，我打了删删了打然后又删然后又打："可不可以单勾啊？我想要涨点读者。"

单勾就是文章要显示出处，这样可以曝光得更多一点儿，双勾可以不显示出处，以前很多大号都拿过我文章，我全是双勾。

编辑说她会挨骂的，我表示理解，末了她跟我说："我是你的死忠粉啊，你千万要继续写下去啊。"

我跟她说："姐，我只是想要涨点读者，生存下去就可以专心写故事。但是……姐……我真的要坚持不下去了。"

大二那会儿我做家教、做渠道工作月收入就破了五位数，在开通这个公众号之前，我的存款仍然是让身边朋友艳羡的。我真的很清楚，我绝对可以养活自己，绝对可以，只要不懒，这个社会饿死人比什么都难。

只是……我不喜欢那些工作啊……真的不喜欢……我真的非常想花我用文字换来的钱。

我写过很多情感文章，很多故事，从未如此直面一个词：痛苦。

这不是孤独，真的不是，我有时候会觉得孤独，但我写文的时候从不孤独。

从7月10号搬来成都，到现在8月27号，每天晚上我都是两点过后才睡。每天晚上我都在阳台看九眼桥，看对面没修完的高楼，想象着什么时候这个城市会有我的一个窝。看街边大片大片的灯红酒绿中的痴男怨女，偶尔觉得一个灵光闪过，我就面无表情地把这丝丝灵感写进手机。

每天都写，每天都看。

我想关注我的这区区万来人里总还有喜欢文字的，我想要传递给他们——我就是这么熬过来然后看见自己那片星辰的。我喜欢活泼开朗的人，所以我努力地笑，努力地让周围人笑，努力地让所有人都觉得我是一个令人愉悦的人。

然后呢？小丑在哭，你会不会觉得他是在搞笑？

有一天，我在很久不上的龙空论坛里看别人写的故事，认识了一个姑娘。这个姑娘我没见过面，她刚辞了职在做音乐。

我去搭讪，告诉她我是未来要成为大作者的男人，她回了个"？"。聊得多了，我给她发阿秀和阿城的故事，我给她发岳沉鱼叶南的故事，我给她发老猫的故事，我给她发铁牛的故事，我给她发我公众号的名片，叫她赶紧去给我当个僵尸粉。

我跟她说要是以后我火了你可就是原始宝宝。她说我这人脑子有毒。

她给我发她新写的词，给我发录音，只是一段和弦，然后她会小心翼翼地问我："好不好听呀？"我说好听好听，好听得我都哭了。

我跟她说嘿我今儿又写了好几千字，后台多了七八个读者。她跟我说她传到微博上的歌终于突破个位数点击率了，还有个人点了一个赞。

我跟她说嘿今天我在电脑面前坐了三个钟头只写出十来个字。她跟我说她把昨儿写的歌词又删掉了。

我跟她说嘿后台又有个读者说想给我生猴子。她跟我说她妈说她的歌很好听。

有一天，我问她："是不是我这辈子都没法成为大作者了？"那天，我写了一个故事，但是我发现我的读者们没有一个转到朋友圈，那天的阅读量又重新回到两位数，而且被某读者评论：你这文章，像小学生作文一样。

她隔了一天回我："昨晚我爸爸又骂我了。"那天过后，我们忽然就很少交流了。

前天，不，大前天，后台出现了一条留言："你真的还在坚持啊，阅读量都这么高了，你真是个爷们儿。我终于还是放弃。祝你好运。"

头像是一把吉他。

在某个月里，这把吉他和我一样，做着很多人听她唱歌的梦。

我还在继续傻着，所以我不顾微信平台长故事不适合的现实，发了那篇万字文。

收到了187块打赏，9份外卖，够我吃四天。

我的读者里最大的有年过花甲的人，最小的有不懂酒好的人。

我到现在依然会看每一条留言，每一条私信。

甚至偷偷去看我微博粉丝的微博，要是有夸我写到了点儿上的人，我就笑得跟个小娃吃了糖一样。

我每天都看无数的负能量，各种各样的负能量，我写故事，是因为除此之外我不知道该写什么。鸡汤……我真的真的不想去教任何一个人你面对什么的时候该去做什么！

跳楼敢不敢？不敢就好好活着。

直到有人问我：像你这样欢脱的人也会有烦恼吗？

谁没烦恼？18岁到25岁哪个人没有在深夜一个人痛苦地挣扎过？

哪个人不是心里有苦说不出，只能靠莫名其妙的电影截图、莫名其妙的文章、莫名其妙的歌词截图来小心翼翼地转发，希望把自己的痛苦倾倒一点儿出去？

就你痛苦？谁不是？

我把我能做的做到极致，接下来把命交给天吧。

也许这一年的痛苦，会变成几个字："他终于熬了出来"。

也许……"我当初放弃了"。

能说出来的，是梦想；不能说出来的，是痛苦。

我本想着有朝一日功成名就过后再写，但是又生怕到时候只会有云淡风轻的豁达，只会写出这样的文字：

那一年，我曾经有自己想要做的事情，一辈子就是这么不停地回头看看，那些难以入眠的夜晚，只不过是区区一场噩梦，梦醒了就好了。

但那时候的文字，不如现在的意义深重了吧。

如果有天我不再写文，那多半事情也不会让我再红了眼眶了。

要记着这痛苦的一年。

那个男人，尽力了，没有悔过，也算个对得起自己的爷们儿了。

感谢交稿后让我拧巴并且一直很上心的时代华语的李勇老师和张婷老师，感谢中文在线的郗老师和瘦了得有十斤的赵小花，感谢一直尽心尽责的刘孟阳老师，当然，也感谢某个让我有勇气写完这本书的姑娘。

鹿人三千

2016年8月27日2点40分

写于成都出租屋内